아버지의 땅

아버지의 땅

심우정 소설

문학나무

서리의 울음소리를 아세요

다시 겨울입니다. 올 한 해가 속절없이 지나가고 있습니다. 지나간 어느 해의 일 년이 어김없이 지나갔듯이 말입니다. 해마다 이때쯤이면 약간의 회한이 마음속에 내립니다. 회한은 겨울밤 땅 위에 내리는 서리와 닮았습니다. 겨울밤 하얗게 대지에 내리는 서리는 봄밤의 이슬을 그리워하다가 흘린 눈물로 핀 꽃이라는 생각 때문인데요. 왜냐면 가을밤이나 겨울밤에 하얗게 피어나는 서리는 봄날 함께 보낸 나무와 풀잎과 꽃들과 그리고 열매들을 잊지 못하니까요. 봄밤에 대지를 촉촉하게 적시던 이슬이었을, 그때를 그리워하니까요.

그것은 새벽에 흙을 밟아보면 알 수 있습니다. 싸르륵, 흙 속에서 울고 있는 서리의 울음소리를 들을 수 있으니까요.

  겨울밤 서리처럼, 나의 마음속에도 회한과 그리움, 그리고 아쉬움도 있습니다. 그리움이란 지나간 시간은 그리워하게 마련이라는 속성에서 비롯되었을 터이고, 아쉬움이란 지나쳐버린 시간을 만족할 만큼 충실하게 보내지 못했다는 자책일 것입니다. 그렇습니다. 저에게는 유난히 부침이 많았던 한 해였습니다만, 매시간 충실하지 않았다는 생각에 아쉬움이 들면서 후회도 됩니다. 그때는 최선을 다하고 있는 줄 알았는데 지나치고 보니 그렇지 않았다고 느껴집니다. 순간순간을 죽을 힘까지 모두 바쳐서, 좀 더 노력했어야 옳지 않았나 하는 아쉬움이 회한으로 남았는데요. 이렇게 금방 그리움이니 아쉬움이니 떠벌릴 줄을 모르고 매순간을 소홀하게 대하다니! 원래 인간이 미련하여 내일 일을 모른다! 하지 않습니까. 불경에 "일중일체다중일, 일즉일체다즉일"이라는 말이 있습니다. "하나 속에 모두 있고 모두 속에 하나 있으니, 하나가 곧 모두이고 모두가 곧 하나이다"라는 뜻이라고 합니다. 그러니 우리가 보내는 한순간이 일생이고 일생은 한순간 속에 있다는 말도 되겠지요. 이제부터 좀 더 순간순간을 정중하게,

또 겸허하게 대접하여야 옳지 않겠느냐는 자성에 숙연해집니다. 하여, 내년 이맘때는 지나간 시간이 아쉽네, 어쩌네 하는 푸념 같은 것은 하지 않게 되기를 소망해 봅니다.

첫 추위가 오기 전에 화분을 미리 집안으로 들여놓았어야 했는데, 들여놓지 못한 화분이 얼어버렸습니다. 돈나무는 이미 죽어버린 듯하고 로즈마리는 생생합니다. 부엌에서 저녁밥을 짓다가 일부러 로즈마리를 손으로 흩트립니다. 허브향이 코끝에 와닿습니다. 살아 있는 모든 것은 어떤 향기를 품고 있기 마련입니다. 스쳐 지나치는 한 조각의 향기가 삶이라는 생각을 해 봅니다. 어쩌면 '행복' 같은 것인지도 모르겠습니다. 정말이지 어쩌면 행복이란 이렇게 '작고 사소하기 그지없는 것'이라고 단언해 봅니다. 행복이 커다랗고 거대한 그 무엇이라면 사람이 어찌 살아갈 수가 있겠습니까? 너무 조그마해서 주의를 기울이지 않으면 미처 발견하기도 어려운 사소한 것이 행복이라면 마음이 편하지 않겠습니까? 그 어려운 것을 요즘에야 조금씩, 조금씩 깨닫고 있습니다. 지금에야 말입니다. 죽을 때까지도 모르면 어찌할 뻔했을까요?

일기예보에서 오늘 밤 중부권에 눈이 내린다고 합니다. 오늘 밤 눈 속에 갇힌 서리는 흔적도 없이 사라질 것 같습니다. 그리움도 아쉬움도 함께 말입니다.

　작품집을 출간한 문학나무와 편집해주신 황충상 선생님 감사합니다.

2024년 초겨울

심우정

차례

나무거울의 변명

띠링띠링, 또다시 메시지가 도착했다. 오늘 오후 3시에 집으로 쳐들어오겠단다. 나는 한 달 전부터 누군지도 모르는 작자에게 시달리고 있었다. 메시지는 간단했다. 오래된 일기장이었고, 똑똑히 읽으라는 글이 있었다. 그 작자는 내가 사는 집을 알고 있는 게 분명했다. 어떻게 알았을까? 나는 결단코 세인들이 알만한 유명인이 아니다. 하필 오늘, 메시지 때문에 나를 갈구던 아내가 아침 일찍 여고 동창생들과 1박 2일 여행을 떠났다. 우연일까? 아내의 짧은 여행을 그 작자는 미리 알고 있었을 가능성이 있었다. 불길하다. 우리 집어딘가에 몰래카메라(cctv)가 숨겨져 있어서, 나의 일상을 꿰뚫어 보고 있는 건 아닐까? 기묘하고 섬뜩했다. 어쨌거나, 나는 그 작자를 만나서 불합리한 이 상

　　　　　　　　　아버지의 땅

황을 끝장내겠다고 결심했다.

　마침 중간고사 마지막 날이고, 시험 감독은 오전에
끝났다. 나는 4교시 시작할 때부터 참았던 요의를 해
결하려고 화장실에 갔다. 화장실 앞에 서서 망을 보던
녀석들 몇이 흩어지면서 소리쳤다.

　"와아! 쌍도끼야, 쌍도끼가 떴어!"

　중학생치고는 덩치가 큰 녀석 대여섯이 화장실에서
튀어나와 운동장 쪽으로 달아났다. 학생들은 나를 괜
히 '쌍도끼'라고 부른다. 근무했던 학교마다 '쌍도끼'
로 불리었다. 다른 별명으로 불린 적은 한 번도 없었
다. 작달막하고 딱 벌어진 체구에, 매부리코, 관자놀이
쪽으로 찢겨 올라간 눈꼬리, 툭 불거진 눈알, 등의 외
모부터 학생들에게 두려움을 안겨주는 듯했다. 거기다
가 체육선생이고 선도부를 맡고 있으니, 조금은 무섭
기도 할 것이다. 나는 학생들이 나를 두려워하고 있다
는 사실이 좋았다. 녀석들의 눈빛 사이로 흐르는 긴장
감을 즐기기도 했다. 죽어가던 존재감이 되살아나고
있는 느낌이었다. '쌍도끼'라는 별명도 나쁘지 않았다.
사람들 그림자가 제각각 삐죽삐죽하겠지만, 나의 그림
자는 양쪽 어깨의 도끼날이 또렷했다. 앞길을 비추는
전등처럼 든든하다. 불만이 있다면 웬만하면 멋있은
느낌을 주는 '쌍칼'로 부를 것이지 '쌍도끼'는 너무하

다는 정도였다. 볼품없는 나의 몸집에 빗대어 지어진 별명이라고 치부한다면, 시비할 바가 못 되었다. 짜리몽땅한 도낏자루처럼 생긴 외모가 분명 죄는 아닐 터였다.

전근 가는 학교마다 학생들과의 첫 대면은 운동장의 교단 위에서 이루어졌다. 첫날은 무조건 큰 목소리에 예리한 쇳소리를 섞어서 학생들을 제압했다. 그다음 날부터는 교단 위에 올라서기만 하면 되었다. 힘들이지 않아도 학생들은 알아서 조용히 해주었다. 전체조례가 있는 날이면 어김없이 운동장의 교단 위에 섰다. 왁자하게 떠들던 학생들이 일순간에 조용해졌다. 조용함을 좋아하는 나는, 내가 가진 남자다운 카리스마로 학생들과 학교 전체가 평화로워지기를 바랐다. 이것도 다 옛날이야기이다. 지금 시절은 아이들에게 소리를 질러서도 안 되고, 손찌검은 더더욱 금물이다. 속에서 화가 치밀어도 참아야 한다.

화장실에는 연기가 자욱했다. 아이들의 끽연을 낱낱이 색출하여 처벌하는 것은 이미 어려운 일이 되었다. 형식적으로 한 달에 두어 번 책가방검사를 하는 게 고작이었다. 시절이 글렀다, 나는 학생들과 당국의 교육정책을 싸잡아 흉보기를 즐긴다. 수업시간이나 조례나 종례 때 씨알도 먹히지 않는 나의 말들이 교실 안에 먼

지처럼 떠다니는 걸 볼 때, 나는 절망한다.

　나는 지난 한 달 동안 혼란스러웠다. 느닷없이 나의 핸드폰에 이상한 메시지와 사진이 뜨기 시작했다. 처음에는 스패밍인 줄 알고 삭제했다. 삭제하고 돌아서면 메일과 사진이 다시 전송돼왔다. 한 달여 동안 어김없었다. 그러다가 며칠 전에 메시지 끝부분에 전화번호가 당당하게 찍혀있었다. 마치 연락을 기다리고 있다는 투였다. 이름은 없었다. 이름도 모르는 사람에게 전화를 걸어보기는 머리털 나고 처음이라고 구시렁거리면서 번호를 꾹꾹 눌렀다. 신호음이 요즘 유행하는 요란한 대중가요였다. 누군가가 전화를 받았다.

　"여보세요?"

　젊은 여자로 짐작되는 목소리였다.

　나는 좀 머뭇거리다가 정중하게 말을 걸었다.

　"저는 강중수라는 사람입니다. 한 달여 전부터 이상한 메시지를 받고 있습니다. 혹시 메시지와 사진을 보내신 분을 알 수 있을까요?"

　"만나."

　수화기에서 즉각 반말이 튀어나왔다. 장전된 총알이 발사되기를 기다렸다는 듯, 곧바로 튀어나온 대답 때문에 나는 잠깐 멍해 있었다. 정신을 차리고 겨우 한마디 했다.

"도대체? 누구십니까?"

다시 머뭇거림 없는 목소리는 당당했다.

"만나보면 알 거 아냐."

나는 죄지은 사람처럼 주눅이 들었다. 상대가 강하다고 느낄 때면 더욱 강해지는 것이 나, 강중수의 특기지 않는가. 지기 싫은 마음이 들었다. 목소리에 힘을 좀 실어서, 그러나 정중하게 다시 말했다.

"이번 주 금요일 오후 3시에 만납시다."

또다시 당당하고 날카로운 목소리가 수신기에서 튀어나왔다.

"알겠다. 집으로 간다. 네놈은 갚아야 할 빚이 있다. 2억 준비해라."

전화를 끊었다. 나는 화가 나서 핸드폰을 내려다보고 소리쳤다. 도대체 너 뭐야? 2억을 준비하라고? 2억이 너네집 똥강아지 이름이야? 요즘 유행하는 농담이야? 2억이란 말이 집으로 쳐들어온다는 말을 가리고 있었다. 나는 한참 후에야 그 작자가 우리 집으로 온다는 말을 했다는 걸 떠올리고는 부르르 떨었다. 도대체 뭐야?

교정에는 걱정과 안도가 뒤섞인 묘한 분위기가 흘렀다. 시험을 끝낸 아이들이 곳곳에 모여앉아서, 떠들었다. 아이들 얼굴에는 다양한 표정이 얽혀 있었다. 이제

016   아버지의 땅

막 시험을 끝낸 아이들 얼굴은 단순해 보이기도 하고 복잡해 보이기도 했다. 아이들은 웃고, 울상을 짓고, 옆의 친구를 툭툭 건들고 장난치며 돌아다녔다. 시험에서 놓여난 해방감과 성적에 대한 불안감을 아이들 나름대로 표현하고 있었다. 교사들도 홀가분한 기분을 즐기고 있는 눈치였다. 시험 치르는 동안 학생들만큼이나 긴장해 있던 교사들도 딸의 결혼식을 무사히 끝낸 혼주처럼 나른한 안도감에 젖어있었다. 오늘은 회식도 없었다. 남교사들은 저마다 마땅한 약속을 잡을 건수를 찾아서, 이 사람 저 사람을 기웃거렸다. 드디어 앞자리의 김 선생이 오후를 함께 보낼 동지로 나를 찍었다.

"강 선생님, 당구나 한 판 합시다."

나는 가방을 후딱 챙겼다. 자리에서 일어나면서 대답했다.

"어쩌죠? 약속이 있어놔서요. 먼저 갑니다."

나는 김 선생과 일별하고 교무실을 빠져나왔다. 운동장을 가로 질러 걸어갔다.

3시가 되기까지 당구 몇 게임 할 시간이야 충분하지만 김의 제안을 거절했다. 막연했지만 오늘은 나에게 매우 중요한 날이라는 예감 때문이다. 그동안 괴상한 메시지 덕분에 나의 정신은 긴장 상태에 있었다. 그렇게 당당하게 전화를 받던 모양새로 보아서 절대로 잘못 배달된, 배달 사고는 아닐 것이다. 메시지 속 일기장의 주인을 만나기 전에, 나는 어떤 내용인지 속속들이 알고 있어야만 한다. 더 욕심을 내어서 일기장에 기록되어 있지 않은 심리까지 감지할 수 있다면, 만약의 사태에도 대비할 수 있을 것이다. 그러나 언감생심이다. 나는 결코 감성과 믿음으로 사는 인간이 아니다. 감성은 관두고라도 머리로 사는 부류에도 속하지 않는다. 나는, 내가 지극히 원시적이고 일차원적인 인간이라는 것쯤은 잘 알고 있었다. 쿨하게, 지난 일에 연연하지 않는 것을 자랑으로 여기며 지금껏 살아왔다. 되돌리지 못하는 지난 일을 구태여 기억하여 고민할 필요가 없다는 게 나의 지론이다. 젊은 시절부터 지켜온 삶의 지표이기도 했다. 때늦은 후회는 시간 낭비일 뿐이다. 나쁜 기억을 싹 지우고 뒤돌아보지 않음으로써, 현재의 귀중한 시간을 지켜낼 수 있다는 게 나의 믿음이고 신념이다. 지난 일은 까맣게 잊고, 매 순간 모든 열정을 다하는 것이야말로 최상의 삶이라고 생각하기 때문이다.

누군지도 모르는 그녀가 무슨 까닭으로 낡은 일기장을 보내고 있을까? 뚜렷한 이유도 없이, 알지도 못하는 사람에게 일기장을 찍어서 보내는 일 따위는 정신

아버지의 땅

병자나 할만한 일인 것이다. 연관성을 찾아내야 했다. 일기장과 나와의 연관성을 찾아내지 않고는 문제지도 받지 못한 채 시험을 치르는 학생과 다를 바 없었다.

　생각을 가다듬고 처음부터 정리를 해보았다. 안주머니에서 핸드폰을 꺼냈다. 문제의 낡은 일기장 사진이 들어있는 핸드폰이었다. 그러니까 나는, 당혹스럽고 말썽꾸러기인 이 '일기장'을 30일 전에 띠롱, 이 운동장에서 받았다. 다시 핸드폰을 주머니 속에 넣었다. 아무리 다급하기로 운동장에서 읽을 수는 없는 노릇이다.

　그때 나는 5교시 수업으로 몸의 균형을 잡는 방법을 가르치고 있었다. 중학생이라고 해도, 일학년들이라 아직 초등학생 티를 벗지 못한 아이들이었다. 뜀틀에서 떨어지는 아이들을 원 안에 세워두었다. 원 안의 아이들은 처음 몇 분 동안은 제법 똑바로 서 있었지만, 5분쯤 지나면 비실거리기 시작했다. 시간이 지날수록 몸을 똑바로 세우지 못하고 더욱 비틀거렸다. 나중에는 찡그리면서 주저앉기도 했다. 똑바른 자세로 오래 서 있는 학생과 빌빌거리는 학생의 시간 차이를 구분하여 메모하였다. 그 메모는 놀랍게도 학생들의 집중력과 지구력을 관찰하고 지도하는 데 귀중한 자료가 되어주었다. 뜀틀 위에서도 몸의 균형을 쉽게 무너뜨리는 집단과 비틀대지 않고 꼿꼿한 자세를 유지하는 집단으로 분류했다. 대체로 앞의 집단은 몸을 움직이는 순발력이 뛰어났고 뒤의 집단은 뚝심 같은 지구력이 앞섰다. 이렇게 두 집단으로만 나누어도 학생들의 성격과 타고난 소질 등을 파악하고 지도하기가 한결 수월했다. 나는, 나를 썩 괜찮은 교사라고 생각한다. 누가 뭐래도 나는 학생들을 지도할 때 열과 성을 다하는 뛰어나고 선량한 선생이다. 나름대로 짱짱한 교육철학까지 겸비하고 있다. 다 지난 얘기지만, 젊어서는 곧잘 주먹을 날리기도 했다. 그렇다고 단 한 번도 부당하게 누굴 때린 적은 없었다. 지금껏 어디서든지 당당하게 행동해왔다. 정말이지 소신 있게 처신해 왔다고 스스로 자부한다. 삼십 몇 년 동안 학생들을 가르치면서 단 한 번도 학부모들에게 촌지를 받은 적도 없었다. 아이들을 차별하여 누구는 잘 가르치고 누구는 못 가르친 기억도 없다. 가르침에 있어서 항상 원칙을 세워두고 절도 있게 행동했다. 물론 학칙도 교칙도 있었지만, 나 스스로 소소한 원칙들을 세워두었다. 절대로 나는 상과 벌 사이에서 우왕좌왕하지 않았다. 원 안에서 비틀대는 학생의 이름과 시간을 적고 있을 때, 띠링띠링 메시지가 울렸다. 그날은 또 새우잡이 배가 뒤집혔다는 급보에 우리 반의 아이 아버지가 사고를 당하였다는 소식에 교실이 온통 울렁거리기도 한 날이었다. 그러한 일이 더러 있었다. 나는 아버지를 잃을지도 모르는 운 나쁜 아이에게 무슨 말로 위로할까를 잠깐 생각했던 것 같다. 누가 보냈을까? 이상한 메시지였다. 낡아서 누렇게 바랜 공책을 찍었다고만 생각했다. 공책인 듯했지만, 오래 묵은 메모장처럼도 보였다. 글씨마저 희미했다. 잉크 같은 게 번져서 정신을 가다듬고 읽어내지 않으면 해독할 수 없는 글자까지 있었다. 거기에다 일기를 쓴 사람은 자신이 누구라는 단서 하나 남겨두지 않았는데, 끝에 부광이라는 글자가 보였다. 부광? 나는, 모른다. 몇 차례 일기장을 뒤적거리다가 눈도 아프고, 나와는 아무런 연고가 없다는 결론을 내렸다. 배달 사고가 분명했다. 이를테면 전국의 중학교에 근무하는 교사들에서 동명이인도 있을 테고, 여중이 맞는데, 아차 실수로 그냥 중학교로 알고 있을 수도 있었고, 신촌중학교를 산촌중학교로 쓸 수도 있지 않겠는가. 나는 메시지를 보낸 사람에게 이러한 사실을 알려주려고 답장을 보내려고 하다가 귀찮은 생각에 그냥 내버려 두었다. 그동안 여러 가지 사건이 일어났기 때문에, 생각할 겨를이 없었다는 게 맞는 말이다. 우리 반 학생 셋이 손에 손을 잡고 나란히 가출하는 사건이 일어났다. 가출한 아이들을 찾으러 여기저기를 쏘다닐

수밖에 없었다. 사흘 만에 담배 연기 자욱한 지하 피시
방에서 아이들을 찾아내긴 했지만, 골치 아픈 일이 연
이어 일어났다. 그동안 나는 메시지를 그냥 방치하고
있었다.

"강 선생님, 고마웠어요. 부모님들도 감사하다고 전
해 달라더군요."

돌아보니, 교무실에서 옆자리에 앉는 남 선생이었다.
생각에, 생각을 거듭하느라고 나는 교문을 나서고 있
다는 사실을 미처 모르고 있었다. 남 선생은 국어 선생
으로 학생들에게 인기가 많은 여선생이었다. 어제 그
녀가, 오늘 1교시 시험 감독을 부탁했다. 마침 1교시가
비어 있었던 터라 기꺼이 들어주었다. 며칠 전에는 도
망간 남 선생 반의 학생 둘을 피시방에서 잡아다 부모
에게 넘겨준 일도 있었다. 그 일을 두고 고맙다는 인사
를 한 듯했다.

"고맙기는요. 남 선생님은 곧장 집으로 가시겠지
요?"

"예, 이런 날 얼른 가서 우리 아이들 봐야죠. 선생님
은 약속 있으세요?"

"그게, 누굴 좀 만나기로 하긴, 했지만요."

"만나기 싫은 사람인가 봐요?"

남 선생이 웃었다. 웃음이 묘했다. 딸꾹질이 나왔다.

나는 긴장하면 딸꾹질하는 버릇이 있다. 이상한 일기장 때문에 협박당하는 사실을 남 선생이 알고 있을 것만 같았다. 여자들이란 특별하고 대단한 존재들이니까. 나는, 나의 아내를 생각했다.

　핸드폰에 들어있는 일기장이 어쩌다가 아내 눈에 띄었는지 나는 모른다. 나의 불행한 나날의 시작을 알리는 그날은 일요일이었다. 대학생 딸은 친구와 야구장엘 가고, 고등학생인 아들놈은 친구들이랑 축구를 한다고 했다. 아내도 초등학교 동창생이 사위를 본다는, 결혼식에 갔다. 아내는 집을 나서기 전에 한참 동안 투덜거렸다. 시집을 일찍 가더니 딸도 일찌감치 보낸다, 우리 딸은 언제 사위를 보냐, 큰맘 먹고 근사한 외출복을 장만하겠다는 등의 말씀을 끊임없이 늘어놓으면서 치장을 했다. 아내가 대문 밖으로 나간 다음, 엄처시하에서 짝눈이 되어있던 나는 홀로 있는 행운을 얻었다고 흥겨워했다. 차차차, 노래도 천장이 울린 만큼 크게 키우고, 술 한 잔도 하면서 아내의 외출을 즐겼다. 야구 중계방송을 보다가 그만 잠이 들었다. 얼마나 잤을까, 아내가 나를 흔들어 깨웠다. 당신, 이게 뭐예요? 다짜고짜 따지고 들었다. 잠이 덜 깬 나는 또, 뭘, 갖고 그래? 잠 좀 자자! 소리쳤다. 고분고분 물러설 아내가 아니었다. 내가 자타가 공인하는 거친 남자라면, 아내

는 주위 사람들이 다 알아주는 강짜였다. 길옆의 돌장
승도 때려눕히는 아내가 문제의 나의 핸드폰을 흔들어
대었다. 그건 배달 사고라고. 나와는 아무 상관이 없다
고. 아무리 말해도 소용이 없었다. 아내는 들은 척도
안 했다. 혀를 끌끌 차면서 상식적으로 생각해보라고
말했다. 지금이 어떤 세상이라고, 배달 사고 같은 것은
일어나지도 않는다면서, 조목조목 따졌다. 아내의 말
에 나는 한마디도 하지 못했다. 아내는 불쌍하다는 듯
이 나를 내려다보면서 한 말씀 더 했다. 이 답답한 양
반아, 생강 먹고 생각 좀 하셔!

　여자들은 개의 코를 가졌다고 동창생 녀석이 말했다.
귀가 어두운 나의 아내는 그 대신 천 리 밖 냄새도 식
별할 수 있을 것이다. 아무리 나와는 상관없는 메시지
라고 말해도 아내는 믿지 않았다. 틀림없이 상관이 있
고, 그것도 아주 밀접하고 비밀스러운 관계일 거라고
말했다. 나는 핸드폰에 비밀번호를 정하지 않는다. 아
내가 싫어하고 나도 귀찮기 때문이지만, 비번을 정해
도 아내에게는 장애가 되지 않을 것이다.

　그날부터 아내는 돋보기까지 동원하여 일기장을 샅
샅이 파고들었다. 이것 봐요, 이 대목이 수상해요. 그
리고 큰 소리로 읽기 시작했다.

　　　　　아버지의 땅

— 5월 23일. 오늘 병원에 갔다. 고막이 파열되었다고 했다. 그동안 귀에서 바람 소리인지, 파도 소리인지가 심하게 들렸는데 그게 고막이 터진 소리라고 했다. 의사는 그냥 두어도 몇 달 지나면 재생이 되니까 큰 걱정은 하지 말라고 했다. 파열되어 찢어져도 다시 생겨난다는 고막. 고막은 좋은 재생력을 가진 모양이다. 마음도 고막처럼 아무 일 없다는 듯이 다시 생겨나고, 또 다시 생겨나고 했으면 좋겠다. —

읽기를 중단한 아내가 나를 째려보았다. 나는 아내의 눈길을 피했다. 일부러 못 본 척했다. 아내의 눈길이 심상치 않았다. 아내가 따지면 나는 아내의 말을 당해낼 수가 없다. 또 사고를 치게 될까, 나는 겁을 먹는다. 예전에는 아내가 따지면 손부터 올라가는 게 나의 습관이었다. 아내의 눈두덩이 시퍼렇게 멍드는 일도 많았다. 피하는 게 상책이다. 나는 옷을 입었다. 차라리 내가, 당신 눈앞에서 사라져주마, 큰소리치고 싶었지만 그럴 수도 없었다. 다만 조용히 문을 열고 밖으로 나가는 게 장땡이었다. 그렇다고 순순히 나를 밖으로 보내줄 아내가 아니었다. 아내가 문을 가로막고 턱 하니 버티고 섰다. 나보다 키가 큰 아내가 나의 앞을 가로막자 문이 보이지 않았다. 나는 마음속으로 한탄했다. 아이고, 내 신세야! 천하의 강중수가 어쩌다 마누라에게 잡혀서 쩔쩔매는 신세로 전락했을까. 한창 젊었을 때였으면 벌써 큰 싸움이 됐을 것이다. 싸움은 안 된다. 그것도 육박전은 곤란한 일이 된 지 오래다. 무조건 이 못돼먹은 상황을 피해야만 한다. 피하지 않고 아내와 맞서다가 옛날 버릇이 나오는 날이면, 아뿔사! 나는 완전 엿 되고 마는 것이다. 아내를 때려서, 아내의 갈비뼈와 팔이 분질러졌을 때 결심했다. 무조건 아내에게 져주고 살자. 절대로 폭력을 행사하지 말자. 나는 내 마누라를 사랑한다. 사랑한다. 사랑한다. 다시는 손찌검하지 않겠다는 혈서까지 써서 아내에게 바쳤다. 그러므로 나는, 내가 죽는다고 할지라도 아내에게 대들어서는 안 되는 것이다. 아내도 그것을 알고 있다. 문을 가로막고 서서 두 팔을 허리에 척하니 갖다 붙인 아내가 나를 노려보면서 말했다.

보청기를 뺀 아내의 목소리가 천둥같았다.

"당신, 한창때 나 패듯이 일기 쓴 여자도 팬 거 아니야?"

"아녀, 아녀. 무슨 소릴 하는겨? 무슨 벼락 쳐맞을 소리를 하는겨?"

"그런데 왜 이런 게 오느냐고? 꼼수 쓰지 말고 똑바로 말해."

"쪼끔만 기다려. 보낸 작자 만나고, 해명할게."

나는 우물쭈물, 구시렁거리기만 했다. 그날, 나는 간신히 집을 빠져나왔다. 해가 다 지도록 여기저기 기웃거리면서도 집에 들어갈 엄두도 내지 못했다. 그날부터 오늘까지 나는 아내와 누가 보냈는지도 알 수 없는 메시지 사이에서 찍, 소리도 내지 못하는 신세가 되었다. 자중하려고 했다. 되도록 덤벙거리지 않고 처녀처럼 조신하게 지내려고 노력했다. 사정이 이러했으므로, 나는 하루바삐 메시지 보낸 작자를 만난 다음, 나의 아내에게 해명해야 했다.

집에는 아무도 없었다. 약속된 시간이 두 시간쯤 남아있었다. 다행이다. 그녀가 나타나기 전에 나는 일기장 속 숨겨진 수수께끼를 풀 수 있을 것이다. 일기장에 무엇이 적혔는지 알아야, 나와 무관하다는 걸 밝힐 수 있기 때문이다. 그동안 나는 애써 무시하고 있던, 핸드폰 사진 속 일기장을 처음으로 진지하게, 아주 진지하게 읽기 시작했다. 마음을 다 바쳐 읽어나가려고 노력했다. 일기를 쓴 사람과 마주 앉아 얘기를 나누듯이 진실하게 일기장을 대하려고 마음먹은 것뿐이었는데, 주위의 공기가 나를 향하여 달려드는 듯했다. 숨쉬기가 무거웠다. 심장 한 귀퉁이에 돌덩이가 매달려 있는 듯이 무거웠다. 나의 육신이 돌덩이가 되어서, 일기장 속으로 가라앉고 있었다.

— 10월 5일. 의사가 재생될 거라는 고막이, 생겨났
는지 모르겠다. 나는 내 귀를 볼 수 없으니까 알 수 없
었다. 귀에서 누런 고름 같은 것이 흘러나왔다. 아무래
도 병원에 다시 가봐야겠다. 병원 가는 길에 남자들을
만나게 되는 게 겁난다. 길을 오갈 때 마주치는 낯선
남자들도 모두 하나같이 무섭게 생겼다. —

일기를 쓴 이는 아무래도 남자 공포증이라는 병을 앓
고 있는 모양이었다. 남자 형제가 없는 가정에서 자랐
을까? 아니면 어릴 때 아버지의 사랑을 충분히 받지
못했나? 어쩌다가 귀의 고막이 터졌을까? 누구에게 심
하게 맞았나? 그냥 단순한 사고였나? 일기 쓴 사람이
어떤 사고로 인해서 고막이 터져버렸고 병원에서는 터
진 고막은 곧 재생된다고 하였지만, 누런 고름이 흘러
나온다는 것은 병의 예후가 좋지 못함을 나타낸다. 나
는 일기를 쓴 이가 안타까웠다.
다시 일기장을 읽어나갔다. 일기장은 물속에라도 다
녀왔는지 군데군데 번진 자국이 있었다. 읽기가 곤란
한 장이었다. 앞뒤 문맥을 살펴서 읽어내야만 했다.

아버지의 땅

— 12월 27일. 고막이 왜 재생되지 않고 있는지 의사도 모르겠다고 했다. 아주 드문 일이라고만 했다. 재생이 안 되면 '고막팻지술'이나 '고막성형술'로 고막을 만들어 붙여야 한다고도 했다. 의사는 조금 더 두고 보자면서, 고름에 잘 듣는다는 바르는 약과 항생제를 처방해 주었다. 돌아오는 길에 썩은 양파 냄새를 맡았다. 놀라서 뒤돌아보았더니 지저분해 보이는 중년의 남자가 지나치고 있었다. 썩은 양파 냄새는 정말 싫다. 이유도 모르고 무지막지한 폭행을 당한 그때를 떠올리게 한다. 그 손에서도 썩은 양파 냄새가 진동했었다. —

나는 이제야 일기를 쓴 사람이 처한 상황이 눈에 들어오기 시작했다. 그녀의 고막이 찢어진 것은 길을 가다가 전봇대나 기둥에 부딪친 게 아니었다. 상상해 보자. 양파 농사를 짓는 가정에서 태어난 그녀는 부모님을 돕는 처녀였다. 양파를 묶고, 쌓으면서 열심히 일하던 어느 날 양파 더미에서 굴러떨어졌다. 양파 더미 바로 아래에는 커다란 돌덩이가 있었고, 그 돌덩이에 부딪친 충격으로 고막이 파열되었을 가능성이 있었다. 그 순간에는 그녀 자신도 고막이 다쳤다는 사실을 몰랐을 것이다. 여리고 수줍음 많은 처녀였을 그녀는 너무도 창피하여 울지도 못하였을 것 같다. 그렇다면, 양파 냄새가 난다는 그 '손'은 무엇일까? 그것까지는 상상이 안 되었다.

나는 머리가 지끈거렸다. 왜, 하필이면 나에게, 이런 뚱딴지같은 일기장 따위를 보냈을까? 나는 아직도 그 문제를 풀지 못하고 있었다. 일기의 주인공을 나는 알지 못하지만, 혹시 그녀는 나를 알고 있지 않을까? 그럴 리가 없었다. 부광? 부광이란 글자를 보았다. 지명일까? 그렇다해도 나는 부광이 어딘지도 모른다. 그러니까, 그녀는 내가 아는 사람이 아니다. 왜냐면 나의 기억 속을 아무리 뒤져보아도 부광이나 그녀에 대하여 생각나는 게 없기 때문이다. 그렇다. 그녀는 내가 모르는 사람이다. 그래도 말이다! 생판 모르는 사람에게 자신이 쓴 비밀스러운 일기장을 보내는 사람이 있기나 할까? 아마도, 없을 것이다. 이 부분에만 오면 자꾸 막힌다. 나의 추측은 터무니없는 것일까? 그렇다면 그녀가 나를 알고 있는 사람으로 착각하고 보냈을까? 틀림없다. 이 빌어먹을 일기장 같은 것이 나와 연관이 있을 거라는 생각 따윈 하지를 말자. 어차피 조금 있으면 그 여자가 나타날 것이다. 이제부터는 남의 비밀을 엿보는 재미로만 읽자. 어쩌면 일기장 속에는 사랑하고, 배반하고, 억울하고, 비열하고, 슬프기 짝이 없는 비밀이 숨어 있을 수도 있겠다. 나는 비밀을 캐어내기 위하여

아버지의 땅

일기장의 다음 장을 읽기 시작했다.

― 4월 29일. 인공고막을 붙인 지 두 달이 지났건만 귀에서는 여전히 바람 소리가 들린다. 어떤 때는 너무도 멍멍하여 센 바람이 귓속을 뚫고 지나가는 듯했다. 나의 귓속은 곪았다가 나았다가를 반복하고, 고름도 흐르다가 멈추다가를 계속하는 모양이었다. 고막이 파열된 지, 오 년이 지났다. 그동안 수십 번의 치료와 몇 번에 걸쳐 인공고막까지 붙였는데도, 나의 귀는 여전히 불통이다. 오늘은 달팽이관에도 문제가 생겼다는 말을 들었다. ―

의학 지식이 없는 나로서는 이해할 수 없는 말들이었다. 다만 내가 느낄 수 있는 것은 그녀가 무한한 고통을 받고 있었다는 사실이다. 나는 나의 귀를 만져 보았다. 귓속에는 고막과 달팽이관까지 잘 있는 듯했다.

― 8월 18일. 이런 경우는 처음 봅니다. '외상성고막천공'을 앓는 환자들 거의 모두 '고막성형술'로 완전한 귀가 되었습니다. 미심쩍은 얼굴로 나를 보면서 말하던 의사가 말을 멈췄다. 잠시 사이를 두더니, 다시 말했다. '심리적 원인이 있을 수 있으니 '신경정신과' 치

료를 병행하는 게 도움이 된다는 진단이 나왔습니다. 정신신경과에 접수했으니 예약한 날짜에 진료 받으세요. 요약하자면 나의 귀가 치료를 거부하고 있다는 거였다. 의사는 모르고 있었다. 내가 치료를 거부할 까닭이 없다. 나도 나의 귓속에서 시도 때도 없이 흘러나오는 냄새가 싫다. 사람들 가까이 가기를 꺼린다. 여름에는 냄새가 더하다. 나는 산뜻하고 깨끗한 귀를 갖기를 희망한다. 소중한 나의 왼쪽 귀를 이렇게 오랫동안 때려죽인 그를 용서할 수 없다. 나는 가끔 생각한다. 그날의 아픔과 모멸감이 고름이 되어서 계속 흐르고 있는 게 아닐까? —

　나는 멍멍했다. 일기장의 내용은 갈수록 태산이었다. 갑자기 나의 두 귀가 먹먹해졌다. 일기를 쓴 사람이 나를 시속 일백 킬로미터로 내달리는 바람 속으로 밀어넣고 있었다. 어찌하여 나는, 불온하기 짝이 없는 이따위 일기장을 읽고 있는 것일까. 까닭 모를 괴로움에 젖어 있는데 느닷없이, 초인종이 울렸다. 3시 30분 전이고, 그 여자가 올 시간이 아니었다. 문제의 여자가 나타나기 전에 모두 읽어야 하건만, 아직 다 읽지 못했다. 누구지? 내키지 않았지만, 나는 부스스 일어나 현관문을 열었다.

아버지의 땅

젊은 여자가 서서, 나의 얼굴을 빤히 쳐다보면서 물었다. 당당한 목소리였다.

"다, 읽었어?"

"뭐?"

보자마자 반말지거리였다. 목소리가 귀에 익었다. 전화 속 그 목소리. 드디어 만났다. 문제의 그 여자. 여자가 나의 어깨를 툭 밀어제치고는 거침없이 현관을 통과하고, 거실로 들어갔다. 신발도 벗지 않았다. 나도 모르게 나는 주눅이 들어서 여자의 눈치를 보고 있었다. 슬금슬금 여자의 뒤를 따랐다. 여자가 다리까지 척, 꼬면서 소파에 앉아서 가방을 뒤적거렸다. 전자담배를 꺼내 입에 물었다. 여자의 콧속에서 연기가 훅, 품어져 나왔다. 나는 차츰 짜증이 일어나기 시작했다. 으이그, 젊었을 때였으면 벌써 한 주먹 날렸을 것이다. 지금의 나는, 수틀리면 주먹부터 나가던 옛날의 내가 아니었다.

담배를 뻑뻑 빨아대던 여자가 나를 쏘아보았다. 눈길이 사나웠다. 나도 여자를 마주 바라보았다. 놀랍게도 여자의 눈동자 속에는 적의가 성난 파도처럼 일렁거렸다. 여자가 내뿜는 적의에 놀란 나는 비로소 여자를 뜯어보기 시작했다. 40세쯤, 혹은 45세쯤 아니면 50? 나보다 훨씬 젊은 여자였다. 이목구비도 뚜렷했다. 짙은 화장에, 제멋대로 날아다니는 뽀글거리는 머리칼에, 검정 쫄바지와 검정 가죽 재킷을 받쳐 입었다. 어쩐지 노는 물이 의심스러운 차림이었고 행태였다. 밤거리 골목길 하나라도 주름잡는 여자 깡패라도 되나? 나는 여자가 불손하기 짝이 없다고 생각했다. 나이로 보나 뭐로 보나 내가 연장자이고 어른임은 분명했지만, 나는 아무런 내색도 못 하고 여자만 바라보고 있었다. 한동안 나를 쏘아보던 여자가 얼굴을 일그러뜨리고는, 나직한 목소리로 물었다.

"어때? 소감이?"

"무슨 말……을 하는 거……지?"

놀라서, 나도 모르게 말을 더듬거렸다. 나직한 목소리가 큰 목소리보다 더 무서운 것도 처음 겪는 일이었다. 젊은 여자가 으름장을 놓았다.

"남의 소중한 일기장을 보았으면 소감을 말해야지. 인간이라면 기본을 지키는 게 도리 아니겠어? 적어도 학생을 가르치는 선생이라면, 더욱 말이지."

"너, 누구야?"

"나? 내가 궁금하다고? 참, 웃기는 씨발놈이네."

어이없는 일이 코앞에서 일어나고 있었다. 딸꾹질이 났지만, 어찌 된 영문인지 여자의 말과 행동에 반박할 수가 없었다. 뭔가가 심하게, 아주 심하게 어긋나고 있었다. 내가 안절부절못하는 동안에도 여자는 빈정거림을 멈추지 않았다.

"왜? 이 몸이 궁금하실까? 씨발놈이 진작부터 궁금해야 할 사람이 따로 있는데 말이지. 그동안 편안하게 먹고 행복하게 살았나 보지? 누구는 억울하게 살다가 피를 토하고 죽든 말든 몰라라 하고 말이지. 그거야말로 사람의 도리가 아니지. 2억은 준비했나? 2억쯤이야 그동안 잘 먹고, 잘 산 사람에게는 껌값밖에 더 되겠어?"

여자의 힐난이 계속될수록 나의 몸이 쿨럭였다. 너무 놀라서 딸꾹질이 멈췄고, 등줄기에는 성난 땀이 흘러내렸다. 여자의 말이 튼실하게 살아온 나의 몸속 깊이, 심장에 박혔다. 쿠르르 몸이 소리치며 깨어났다. 나의 두 주먹의 힘줄이 일어나고 있었다. 이제 여자의 말 같은 건 나의 귀에 들어오지도 않았다. 대신에 내 주먹의 속삭임만이 나의 귀에 가득 찼다. 더는 참아서는 안 되었다. 어린 것이 어른 무서운 줄도 모르고서, 날뛰는 꼴을 참아내는 것은 내가 나를 무시하는 일이다. 더는 두고 볼 수 없다, 젊은 년이 내가 누군 줄 알고 함부로 날뛰냐? 나는 천하의 강중수다. 따끔한 맛을 본 다음에 후회할 거다. 나는 주먹을 불끈 쥐었다. 이제 곧바로 주먹을 날려 저 주둥이를 막으면 되는 거다. 오랜만에 나의 손이 즐거워하고 있었다. 나는 주먹 쥔 손을 여자의 입에 정조준했다. 동시에 나는 자리를 박차고 일어났다. 이제 한 방이면 넌 끝장이야. 어디서 굴러먹던 게 누구 앞에서 까불고 있어? 나불대는 주둥이를 향해서 나의 주먹이 뻗어가려는 찰나에 여자가 꼬고 있던 다리를 풀면서 자리에서 벌떡 일어났다. 재킷 주머니에서 낡은 공책을 꺼내어 탁자 위에 내던지면서, 말했다.

"이걸 읽어본 다음에도 나를 모른다고 잡아떼진 않겠지?"

여자의 얼굴에는 말로 다할 수 없는 경멸과 비웃음이 넘쳐났다.

나는 온갖 쓰레기가 내 몸에 쏟아지는 듯했다. 참을 수 없는 욕지기가 목을 타고 올라와서, 입안에 가득 잠겨 있었지만 뱉을 수가 없었다. 이런 고약한 느낌을 참아 내는 것은 실로 처음 있는 일이었다. 참는 것을 수치로 알고 살았던 나, 강중수였다.

나는 탁자 위의 공책을 집어 들었다. 누렇게 바랜 색깔이 척 봐도 오래된 공책이었다. 나는 핸드폰을 켜고 여자가 보낸 사진 속 일기장과 여자가 집어 던진 공책을 맞추어보았다. 색깔과 필체, 종이에 묻은 얼룩이 똑같았다. 사진은 일기장을 찍어서 보낸 게 틀림없어 보였다. 여자는 눈꼬리를 치켜들고 내가 하는 짓거리를 빠짐없이 지켜보고 있었다. 눈에서는 파란 불꽃이 일렁거렸다. 금방이라도 눈알이 튀어져 나올 태세였다. 드디어 여자가 입을 열었다. 차갑고 단호한 목소리였다.

"읽어보시지."

나는 여자가 시키는 대로 할 수밖에 없었다. 공책을 집어 든 나의 손이 부들부들 떨렸다. 막다른 골목에 갇혀버린 쥐새끼처럼 완전한 궁지에 몰렸다는 생각까지 들었다. 도망갈 구멍은 없었다. 무서운 일이 일어날 것만 같았다.

— 4월 8일. 봄이 되었다. 동네 어귀에 꽃이 활짝 피어났다. 자목련과 백목련이 큼직한 꽃망울 터트리고 정답게 손을 잡고 서 있다. 추운 겨울을 잘 넘겼다고 서로서로 위로하는 듯하다. 그 아래로는 개나리가 피었다. 개나리꽃은 지금 막 국민학교에 입학한 아이들 같은 느낌을 준다. 두 손을 앞으로 내밀고 쫑쫑……귀엽다. 개나리꽃 밑을 지나쳐갈 때면 노란 꽃잎들이 종알쫑알 뒤를 따라오는 듯도 하다. 상상만으로도 즐거웠다. 대학에 진학하지 못한 것이 서운할 일도 아니었다. 우선 돈을 벌어서 동생들 학비에 보탠 다음 나는

다시 공부하면 될 터였다. 나를 부러워하는 사람도 있을 것이다. 단위농협이지만 은행은 은행이다. 취직하는 일이 마냥 뜻대로 되는 게 아닐뿐더러 쉬운 일도 아니니까. 나는 내가 장하다고 생각하기로 했다. 앞으로 내가 원하는 일을 할 시간은 얼마든지 있을 것이다. 나는 꿈이 있다. ―

 한 장을 다 읽었다. 별다른 내용이 없었다. 여자를 바라보았다. 여자는 그 자리에 서서 꼼짝도 하지 않고 나를 응시하고 있었다. 가소롭다는 눈으로 나를 째려볼 뿐이었다. 도대체 뭐야? 저 여자가 이 일기장을 쓴 사람이 아니다. 나이대가 다르다. 나는 여자를 흘끔거리다가 다시 읽기 시작했다.

 ― 4월 20일. 마감 시간에 고등학생으로 보이는 남학생이 예금하러 왔다. 마감 후에는 예금이 되지 않는다. 나는 남학생에게 미안하지만, 내일 다시 오라고 말했다. 남학생은 문을 열고 나가면서 자꾸만 나를 쳐다보았다. 키가 작달막했다. 강단은 있어 보였다. ―
 ― 5월 1일. 키 작은 남학생의 이름은 강중수였다. 강중수와 나는 친구가 되기로 했다. 알고 보니 우리는 동갑이었다. 그는 거의 매일 예금하러 왔다. 큰돈이 아

아버지의 땅

니었지만, 돈이 생기는 대로 꼬박꼬박 예금하는 듯했다. 그 모습에 믿음이 갔다. 성실하게 일하고, 알뜰하게 저금하는 모습이 보기 좋았다. 근처 식당에서 아르바이트 한다고 했다. 올해 열심히 모아서 내년에 대학 갈 거라고도 했다. ─

깜짝 놀랐다. 강중수라니? 강중수라면 혹시, 나, 아닌가? 동명이인이라도 있는 것인가? 맙소사! 이 무슨 날벼락이람! 머릿속이 싸했다. 냉찜질을 당하는 듯했다. 여자의 얼굴은 더욱 냉랭해지면서, 두 눈동자가 카메라 렌즈처럼 번득이고 있었다. 나의 행동 하나하나를 모조리 필름에 담고 있는 듯했다. 나의 허세는 봄눈 녹듯이 사라졌다. 놀란 쥐새끼처럼 쩔쩔매는 나의 꼴을 더는 참아내지 못하겠다는 듯 여자가 비아냥거렸다.

"아는 이름이라도 발견한 모양이지?"

나는 아무 말도 할 수 없었다. 여자의 행태로 짐작해 보면, 내가, 일기를 쓴 여자에게 무언가 크나큰 잘못을 저질렀다는 의심이 들었다. 하지만 나는 기억나는 게 없었다. 재수한 것은 맞다. 아르바이트로 모은 돈으로 대학 등록금을 낸 것도 사실이다. 두 가지 사실이 일치한다고, 같은 이름을 쓰고 있다고 일기 속의 강중수가 나라는 증거가 되느냐, 말이다. 강중수라는 이름을 쓰는 작자가 어디 나뿐이겠는가? 동명이인일 수도 있는 것이다. 설령 일기 속의 강중수가 내가 맞는다고 치자, 그게 뭐 어쨌다는 거냐고? 워낙 오래된 일이라서 기억마저 없었다. 어렴풋이 생각났다 할지라도 뭐, 별난 게 있을 까닭이 없는 일이었다. 기껏해야 일기를 쓴 여자와 사귀다가 헤어진 정도 아니겠는가? 요즘 세상에 죄라고 쳐주지도 않을 것이다. 흘러간 세월로 따져보면 나에게도 첫사랑일 가능성이 있을 텐데. 도통 기억이 남아있질 않으니, 이상한 일이긴 했다. 다시 생각해보자. 내가 만약 어떤 사람을 사랑하였다면 어떻게 그 사람을 잊을 수가 있을까? 기억상실증이나 치매라도 걸렸으면 모를까. 그것은 있을 수 없는 일이다. 누가 들어도 말도 안 되는 이야기다. 나는 끊임없이 투덜거리면서 기억해내려고 노력했다.

번득이는 눈으로 나를 노려보던 여자가 재킷의 안주머니를 만졌다. 그 순간 여자의 얼굴에 묘한 표정이 떠올랐다. 사람이 얼굴로 나타낼 수 있는 증오의 종합세트 표현이었다. 분노, 혐오, 경멸, 조소, 비웃음, 그리고 조금의 연민 같은 게 마구 뒤섞인 표정이었다. 나의 동물적 느낌이 경고했다. 코앞의 여자가 품속에 무기를 숨기고 있다고. 품속의 '칼이나 총'이 잘 있다는 걸

아버지의 땅

확인한 여자가 회심의 미소를 날리면서 팔짱을 꼈다. 면도날이라도 씹고 있는 건지 볼때기는 쉬지 않고 우물거렸다. 짧은 순간 나의 머릿속에 선명한 그림이 떠올랐다. 화가 머리꼭대기까지 차오른 여자가 '칼'을 꺼내어 내 가슴팍을 찌르는 장면이었다. 내 얼굴에 침도 뱉는다. 침과 면도날이 한꺼번에 날아와 내 눈, 코, 입을 베었다. 나의 얼굴은 순식간에 그 형체가 사라진다. 나는 정신이 얼떨떨해졌다. 여자는 잡아먹을 듯이 나를 꼬나보면서 일침을 놓았다.

"이 몸이 누군지 감이 잡혀?"

"그걸 내가 어떻게 알아? 너 누구야?"

내 대꾸가 마음에 들지 않았는지 여자가 픽, 소리까지 내면서 비웃었다. 여자를 모른다는 내 말은 진심이었다. 태어나서 처음 보는 여자를 내가 어떻게 알겠는가. 길을 막고 사람들에게 물어보아도 즉답이 나올 터였다. 여자가 인상을 팍팍 썼다. 얼굴 양쪽 관자놀이에 파란 힘줄이 불끈 솟아오르는 게 보였다. 여자는 험상궂은 얼굴로 내뱉었다.

"궁금하면, 꾸물대지 말고 읽어."

― 5월 5일. 중수 씨가 퇴근 후에 만나자는 연락을 했다. 동물원에 갔다. 어린이날이라 동물원에는 아이

들 천지였다. ―

― 5월 10일. 세상에, 이런, 일이 일어날 수 있을까? 마음을 가라앉히자. 정신을 가다듬어 보자. 생각을 찬찬히 정리해 보자.

오늘 그가 내 뺨을 열 대나 때렸다. 오른쪽 왼쪽 번갈아 가면서 때렸다. 너무 아파서 주저앉았더니, 등과 배와 머리를 마구 때렸다. 그에게 맞는 동안 나는 정신을 차릴 수가 없었다. 시장 상인들과 행인들은 둘러서서 구경만 했다. 그들에게 나는 그냥 재미난 구경거리였을까?

오늘 나는 바보같이 굴었다. 그가 내 뺨을 때리려고 손을 들었을 때 나는 당당하게 맞서야 했음에도 불구하고 그러질 못했다. 너무 놀라서 어떻게 해야 하는지 알 수 없었기 때문이었다. 지독한 냄새였다. 양파 썩는 냄새에 숨을 쉴 수 없었다. 토악질이 계속 올라왔기에 정신을 차릴 수 없었다. 분명한 것은 설사 내가 그에게 큰 잘못을 했다고 할지라도, 그는 나를 때려서는 안 되는 것이다. 아무리 생각을 정리해봐도 그가 나를 때린 이유를 알 수 없었다.

― 5월 11일. 창피하기도 하고 얼굴도 부어서 밖에 나갈 수가 없다. 단협에는 일주일 병가를 냈다. 오른쪽 귀가 계속 욱신거린다. 그가 뺨을 때리는 순간, 내가

얼굴을 돌리는 바람에 귀를 맞은 모양이다. 병원에 가야지 않을까.

— 5월 12일. 도대체 왜? 이런 끔찍한 일이 일어났는지 지금도 알 수가 없다. 다시 생각을 해보자. 왜 이런 기막힌 일이 일어났는지를 따져 보자.

1) 강중수와 나는 어떤 관계인가? 강중수가 단위농협에 저금하러 오면서 알게 되었다. 일곱 번 만났다. 식사 세 번, 영화 두 번, 동물원 구경 한 번, 그날의 만남이 전부이다.

2) 강중수와 나는 서로 사랑하는 사이인가? 그는 어떻게 생각하고 있는지 모르지만 나는 그를 사랑한다거나, 또는 속내를 털어놓을 수 있는 사이가 아니었다. 아직은 그를 알아가는 단계라고 생각하고 있었을 뿐이었다. 뭔가를 확인하기에는 만났던 시일이 짧았다.

3) 강중수가 왜 나를 때렸는가? 문제의 부분이다. 중대한 문제임에도 나는 답을 모른다. 도대체? 왜? 그는 나를 때렸을까? 모르겠다. 모르겠다.

드디어 공책에 쓰인 글자를 모조리 읽어치웠다. 너무도 놀란 나머지 나는 얼이 빠졌다. 세상에! 하나님 맙소사! 무슨 말도 안 되는 일기 같은 게 있단 말인가. 황당하다 못해 기가 찼다. 일기 속의 강중수가 내가 맞는가? 맞는다면, 어떻게 내가 사람을 무식하게 때릴 수 있었단 말인가? 그것도 데이트 중인 처녀를! 그것도 뺨을 열 대씩이나 때리고 등과 옆구리와 어깨를 마구잡이로! 있을 수 없는 일이었다. 절대로! 문득 시간의 문이 닫히고 나는 끝없는 암흑 속으로 가라앉고 있었다. 이제는 앞에서 팔짱을 끼고 버티고 있는 여자 따위는 안중에도 들어오지 않았다. 일기 속의 강중수가 나인지, 나 아닌지조차 별로 중요한 문제가 아니었다. 다만 몽둥이로 대갈통을 심하게 얻어맞은 것처럼, 혹은 총 맞은 것처럼, 머릿속이 띵했을 뿐 아무 생각도 할 수가 없었다. 여자가 내 무릎에 놓인 낡은 공책을 집고 있는 모습이 어렴풋이 보였다. 나는 멍한 눈으로 바라보고만 있었다.

"일기를 쓰신 분은 나의 언니야. 설마 김진숙을 모른다고 잡아떼진 못 하겠지?"

김진숙이라고? 내가 아는 사람이라고? 예전에 알았던 사람이었나? 나의 마음을 채우는 것은 오직 이 물음뿐이었다. 나는 기를 쓰고 생각해 내려고 노력했다. 김진숙이 떠오르지 않았다. 이건 모함이다. 나는 누군가의 모함에 걸려들어 꼼짝도 못 하고서, 벌벌 떨고 있을 뿐이다. 여자가 뭐라뭐라 계속 떠들어댔지만 귀에 들어오지 않았다. 알 수 없는, 들리지 않은 말로 떠들

　　　　　　　　　아버지의 땅

어 대던 여자가 게거품을 뿜었다. 나의 얼굴까지 침방울이 튀어왔다.

"2억은 어찌 되었나? 한 여자의 인생을 작살낸 것 치고는 싼값 아닌가."

여자의 큰 목소리가 나를 일깨웠다. 잠시 얼이 나가 정신이 없었던 강중수가 패기 넘치는 강중수로 다시 돌아왔다. 풋내기 계집에게 이따위 소리나 듣고 있다는 건 하늘도 웃을 일이다. 정신을 차리자. 모함에 걸려들었을 뿐이야. 곧바로 반격을 시작하자.

"원하는 게 뭐야? 2억 뜯어내려고 일을 꾸미나 본데, 내가 만만해 보여. 김진숙인가 뭔가를 당장 데려와. 직접 만나 확인해보자."

"어림 짝도 없는 개소리 고만하고. 2억이나 내놔. 네놈 이름, 네놈이 그 잘난 선생질하는 학교 이름까지 인터넷에 쫙 깔리기 전에."

"개소리는 누가 하는데? 2억 맡겨놨어? 어리다고 봐주었더니. 어디서 기어오르고 있어? 내가 빰따구 때렸다고? 때리는 거 봤어? 당장 불러. 삼자대면해보자고."

"그렇게 우길 줄 알았지. 그따위로 말하면 있는 죄가 없어지나? 천하에 둘도 없을 나쁜 호랑말코새끼야."

"뭐? 호랑말코새끼? 이게 얻어터지고 싶어 안달이

났네. 봐주는 것도 여기까지야. 어린 계집애야. 그래, 좋아. 내가 강중수라고하자. 뺨 좀 때렸다치자고. 그렇다고 고막이 망가지냐? 애당초 약한 귀가 잘못인 게지. 그게 왜 내 잘못이야? 그렇게 생겨 먹은 게 잘못이지."

"말 잘했다. 여자한테 폭력이나 쓰는 쓰레기 씹새끼야, 너 낳고 미역국을 먹었을까."

나는 화가 머리꼭지까지 차올랐다. 여자의 멱살을 잡아챘다. 갑자기 손바닥에 강렬한 통증이 왔다. 손바닥이 깊게 찢어졌고 피가 솟구쳤다. 여자가 자신의 웃옷깃 사이에서 면도날을 꺼내 들고는 악마처럼 웃었다. 여자는 내가 멱살을 잡을 걸 어떻게 알았을까? 눈앞이 캄캄했다. 나는 주먹을 꼭 쥐었다. 지혈할 방법이라곤 주먹을 꼭 쥐고 손을 높이 드는 것밖에 생각나지 않았다. 분노 때문에 온몸이 떨렸다. 내가 여자를 죽여버릴 것만 같았다. 여자는 실눈 하나 깜빡이지 않았다. 여자가 가방 속에 면도날을 넣으면서, 내 꼴을 비웃었다.

"그까짓 걸 갖고 엄살을 떨면 재미없지 않아? 내가 너 같은 개새낄 만나러 오면서 아무 방비도 안 했을 것 같아?"

이번엔 여자가 재킷 안주머니에서 총을 꺼내 들었다. 비비총인지, 진짜총인지 총은 총이었다. 손바닥을 동

아버지의 땅

여맨 손수건이 흠뻑 젖었다. 피는 멎은 듯했지만, 멎지 않았다. 예리한 통증은 더욱 심해졌고 눈앞이 흐릿했다. 여자를 보았다. 나를 향해서 총구를 정면으로 조준한 여자가 속삭였다.

"피는 멎지 않을 거야. 손 좀 썼거든. 언니를 만나겠다고? 어림 짝도 없다고 말했지? 언니의 귀는 끝끝내 재생되지 않았어. 언니가 가짜 귀를 받아들이지 못했지. 언니는 진실한 사람이었거든. 여름만 되면 어김없이 재발했어. 나중에는 달팽이관까지 탈이 났지. 네까진게 뭔데 언니를 그렇게 만들었어? 자, 말해 보라고."

여자가 총구를 나의 가슴팍에다 쿡쿡 찔렀다. 묵직하게 와 닿는 느낌이 차가웠다. 손바닥에서는 피가 찔끔찔끔 흘렀다. 통증은 갈수록 커졌다. 뼛속까지 파고든 아픔 때문에 정신을 차릴 수가 없었다.

'정신을 차리자.'

정신을 가다듬으려고 애썼다. 어떻게든 이 자리를 벗어나 병원을 찾아가는 게 현명한 방법이라는 생각이 들었다.

'어떻게 빠져나가지?'

총구는 계속하여 나의 가슴팍을 찔러왔다. 정말이지 여자는 여차하면 쏘아버릴 모양이었다. 시커먼 총구가 나를 노려보았다. 쏴쏴, 쏴, 갑자기 여자의 재킷 주머니에서 이상한 소리가 났다. 여자는 총을 들지 않은 손으로 주머니에서 휴대폰을 꺼냈다. 유연한 동작이었다. 나를 향한 총구는 한 치의 흔들림도 없었다. 나는 완전한 포로가 되어있었다. 여자가 나를 노려보면서 전화를 받았다.

"예, 제가 김진아입니다만, 아, 예, 오늘 강의는 휴강한다고 올려놓았는데요……그랬군요. 예, …… 뵙지요."

휴대폰을 주머니에 넣은 여자가 더욱 앙칼진 목소리로 말했다.

"2억 내놔. 사실 그깟 돈 아무것도 아니야. 너는 지금 죽어줘야겠어. 불만 없지? 이 총은 아주 정밀하게 만들어진 특제품이야. 총알도 달라. 귀신도 죽이는 생화학 극독으로 만들었다. 나의 전공이지. 죽기 전에 한 가지 알려주겠어. 언니는 두 달 전에 돌아가셨어. 살아 있을 땐 너를 찾지 말라는 부탁 때문에 아무것도 할 수 없었어. 분통이 터졌지만 말이야. 이젠 참을 이유가 없어. 죽어서 언니에게 용서나 빌어보시지. 인생이 가련해서 적선을 베푸는 거야. 고마운 줄 알아. 이제, 그만 죽어."

여자가 방아쇠를 당겼다.

픽, 픽, 소리와 함께 튕겨 나온 총알이 나의 얼굴과

아버지의 땅

목, 팔 온몸을 강타했다. 총알은 나의 몸에 닿자마자 역한 냄새를 풍기면서 입속으로, 목덜미 속으로, 살갗을 뚫고서, 몸속 깊숙이 파고들었다. 썩은 시체에서나 날듯한 지독한 냄새도 함께였다. 이상하게도 몸이 마음대로 움직여주질 않는다. 그럴 리 없겠지만, 여자의 말대로 나는 독극물에 중독된 것일까? 선명한 걸 좋아하는 나는 죽기 전에 진실을 알고 싶다. 진실이라니? 개뿔이나! 나, 강중수가 그런 야만적인 짓을 저질렀다는 게 말이 되냐고? 믿을 수 없는 일이다. 정신을 가다듬자고 애를 썼지만, 이미 나의 몸은 독벌레들의 차지가 된 듯했다. 독벌레들이 나의 몸을 먹어치우고 있었다. 곧바로 손등과 팔이 검푸르게 변했다. 온몸의 세포가 썩어가는 듯, 창자가 끊어지는 듯한 고통이 밀려들었다. 나의 몸은 고통 때문에 저절로 바닥으로 나뒹굴었다.

여자는 눈도 깜빡 않았다. 나의 행태를 한참 동안 지켜보고 있었다. 문득 여자가 아무 일도 없었다는 듯, 나의 몸뚱어리를 툭 차고 지나치면서, 속삭였다.

"파라콰트를 조금 넣었다. 너는 아주, 아주 고통스럽게 죽어 갈 거야."

"서. 거기 서란 말이야."

나는 현관을 향해서 걸어가는 여자에게 소리쳤다. 여

자가 빙글 몸을 돌렸다. 그리고 웃었다. 여자의 뒤로
나의 아내가 들어오고 있었다. ✻

모던 카센타

"이봐, 구김살이 많아."

남편이 나를 불렀다. 꾸깃꾸깃한 와이셔츠를 내밀었다.

내가 다림질하는 동안 남편은 tv를 켰다. 전에 없던 일이다. 흐리고 비, 일기예보가 끝나고 뉴스가 이어졌다. 어린이보호구역에서 뺑소니교통사고를 당한 일곱 살 아이가 끝내 숨을 거뒀다. 지난 수요일 저녁 학교 앞에서 아이를 치고 달아난 뺑소니범이 아직 잡히지 않았다는 소리가 흘러나오자 남편은 tv를 끄고, 물을 마셨다. 벌컥벌컥, 남편이 물 마시는 소리가 들렸다. 복지국에 무슨 문제라도 있는 게 아닐까? 결손가정과 노인을 위하여 새롭게 시작했다는 사업이 기획대로 진행되지 않고 있는 것일까? 아니면? 혹시? 비리를 고발

하는 투서가 접수되었을까? 있지도 않은 비리가 드러나기라도 했을까?

남편은 불안하거나 심적 부담이 있으면 물을 찾는 습성이 있었다.

나는 다림질하는 내내, 남편의 못마땅한 눈초리가 꼭 뒤에 박히는 듯한 느낌에 사로잡혀있었다. 집에서 뭐 했어? 종일토록 빈둥거리면서 다림질도 안 한 거야? 투덜거리는 남편의 목소리가 귓속을 파고드는 듯했다. 물론 이것은 나의 생각일 뿐, 남편은 그럴 사람이 절대 아니다. 아닐까? 아닐 것이다. 그는 품행이 반듯하다는 평을 듣는 사람이었다. 그렇지만 나는 요 며칠 남편의 눈을 똑바로 바라보는 게 힘들다. 불편했다. 남편을 바라보고 있으면 삐걱대는 문짝을 보는 듯 불안했다. 문짝을 단단히 받쳐주고 있던 돌쩌귀가 툭, 떨어졌을까? 어쩐지, 여태까지 아무런 문제가 없었던 일상의 시간이 탁, 끊어진 듯했다. 어쨌거나 난데없이 삐거덕거리는 이 느낌이 무엇인지 아직은 확실하지 않았지만, 괴로웠다. 뭔가가 슬픈 듯했고, 서러운 듯도 했고, 무작정 화가 치밀어 오르기도 해서, 남편뿐만 아니라 나 자신까지도 언짢아졌다. 답답한 마음을 누를 수 없었다. 그동안 나는 세상 물정 모르는 멍텅구리였거나, 청맹과니로 살아온 게 아닐까? 하는 어처구니없는 생

　　　　　　　　　　　아버지의 땅

각으로 이어졌는데, 이러한 생각은 나의 지나간 날들을 뒤돌아보게 했다. 나는 과연 잘 살아왔을까? 하는 생각에 이르자 의심과 회의심이 마음속을 가득히 채우고는, 나를 얼빠지게 했다. 어쨌든 나는, 나의 마음속이 시시각각 황폐해 가는 듯했고, 지금까지의 내가 나 아닌 듯이 생각되기도 했다. 자동차 바퀴에 깔려서, 그 자리에서 죽어버린 하얀 강아지와 내 손등을 사정없이 물어뜯고 도망가버린 여자아이가 눈앞에서 계속 일렁거렸기 때문일까? 그게 아니라면 남편에 대한 거둘 수 없는 의구심 탓일 수도 있겠다. 하여튼 뭔가가, 내가 모르는 뭔가가 나의 주위에서 일어나고 있다는 불길한 예감 때문에 나는 며칠 전부터 자꾸만 움츠러들었다.

그 일은 순식간에 일어났다.

자동차정비소가 있다는 골목으로 레커차가 접어들고 난 직후였다. 갑자기 레커차가 급정거했고, 나는 레커차 운전석 옆 의자에서 펄쩍 뛰어오르면서, 예닐곱 살 쯤 된 여자아이가 보도를 벗어나 차도로 뛰어들려는 것을 보았다. 아이는 하얀색 강아지를 안고 있었다. 레커차 운전기사가 차창 밖으로 머리를 내밀고서, 아이에게 크게 소리쳤다. 굉장한 말더듬이었다.

"야, 야, 너, 뭐, 뭐, 하는 짓, 짓이야! 죽, 죽고 싶, 싶어?"

아이가 놀란 듯 주춤주춤 뒷걸음쳤다. 그 순간 강아지가 아이의 품을 벗어나 재빠르게 뛰었고, 곧바로 반대편 차도에서 달려오던 승용차 바퀴 속으로 들어갔다. 새하얀 털에 붉은 피를 묻힌 채 널브러진 강아지 모습을 본 아이가 그 자리에 철퍼덕 주저앉아서 큰 소리로 울었다. 사실은 나도 놀랐다. 나도 모르게 레커차에서 뛰어내렸다. 아이에게 다가갔다. 아이는 목청을 높여서 더 크게 앙앙 울었다. 아이를 꼭 껴안았다. 아이는 더욱 서럽게 울면서 나의 품속에서 버둥거렸다. 나는 아이를 일으키려고 했다. 두 발을 버둥대는 아이는 아이답지 않게 힘이 셌다. 내가 팔에 힘을 주어서 아이를 일으키는 순간, 아이가 내 손등을 힘껏 깨물었다. 깜짝 놀랐다. 기절할 만큼 아팠다. 금세 손등엔 핏방울이 스며 나오고 있었다. 조그마한 아이 이빨에 그렇게 센 힘이 숨어있을 줄 몰랐다. 내가 아파서 어쩔 줄 몰라 하는 사이에 아이는 골목 안으로 사라졌다. 피가 맺힌 손등을 손수건으로 동여매고 골목 안을 기웃거렸다. 아이는 보이지 않았다. 사실 강아지는 그렇게 참혹한 모습이 아니었다. 하얀색 실 뭉텅이에 붉은 실이 섞여 있는 것처럼 보였을 뿐이었다. 그렇지만 나는 이상하게도 그 광경이 쉬 잊히지 않았다. 자꾸만 눈앞에 하얀색 털이 일렁거렸다. 지금도 내 손등에는 아이에게 물린 그날의 잇자국이 뚜렷하다. 시퍼렇던 잇자국은 갈수록 꺼먼색으로 짙어가고 있었다.

죽은 강아지는 왜 하필 하얀색 털이었을까? 오래된 일이었지만 나는 하얀색을 조금 무서워하는 습성이 있다. 어쨌거나 하얀색과 아이의 울음소리가 서로 엉켜서 나를 엉망으로 만들었다, 거기다 남편까지. 그래서일까? 오늘 아침엔, 남편에게 자꾸만 대거리가 하고 싶었다. 정말이지 한바탕 퍼붓고 싶었다. 살다 보면 그럴 수도 있지 않아? 사람이 기계도 아니고 말이지, 아무 셔츠나 입고 출근하면 될 것을, 입을 수 있는 셔츠가 없는 것도 아니지 않아? 꼭 다림질 안 된 셔츠를 입겠다는 건 뭔 심보야? 괜히 괴롭히고 싶은 거야? 아니면, 조용히 출근하려니 심심한 거야? 나는 불쑥거리는 마음을 애써 진정시켰다. 불퉁불퉁 튀어나오려는 속말도 재주껏 가라앉혔다. 별로 순종적이지도 않으면서 순종하는 척하는 같잖은 미덕인지 악덕인지가 몸에 익은 것은 순전히 엄마 탓이다. 엄마 탓으로 마음을 진정시키면서도 나의 마음 한구석에서는 아침 시간만 아니라면 얼마든지 대거리할 수 있다는 배알티가 차돌처럼 점점 굳어가고 있음을 느끼고, 아니, 알고 있었다. 하여튼 남편과 한바탕 입씨름이라도 하고픈 아침이었다.

문득 왼쪽 어깨가 저렸다. 남편 손이 닿았던 곳이다.

잘 다림질된 반듯한 셔츠를 입고 나가면서 남편이 내 어깨를 감싸 안고 말했다. 갔다 올게. 저녁은 밖에서 먹자. 전화할게, 저녁때 봐. 아마도 남편은 싱긋 웃기까지 했을 것이다, 흔히 그러했듯이.

며칠 전이었으면, 정확하게 말해서 닷새 전이었으면 아마도 나는 아무런 고민도 없이 알겠다고 마주 보고 웃었을 것이다.

K시청 복지국 간부인 남편은 평판이 좋았다. 잘생겼고 자상했다. 소소한 일도 허투루 여기지 않았으며, 섣불리 행동하는 법도 없었다. 하여튼 남편은 남의 입길에 오르내리지 않으려고 평소에도 무던히 노력하는 사람이었고, 그런 남편을 나는 신뢰했다. 또 얼마간의 존경심도 갖고 있었고, 그의 위세를 함께 누리고 있다는 자부심에 기뻐하면서 살았다. 그랬었는데, 요즘 나는 남편이 가진 모든 것이, 그가 가진 공직사회의 지위와 사회생활의 편의마저도 나의 것이라 여기면서 살아온 나의 삶은 착각이며, 헛된 꿈이라는 생각에 빠져버렸다. 남편은 남편이고 나는 나일 뿐이라는 생각이 들었고, 이 생각은 나를 초라하게 만들었다. 남편에게 기대고 산 나의 존재가 속됨뿐이라면 나는 얼마나 하찮을까? 또 얼마나 궁상스럽고 천박할까?

아침 설거지를 시작하면서 휘딱 시계를 보았다. 지금

부터 딱 20분만 설거지를 하자. 언젠가부터 설거지를 하거나 집안일을 할 때마다 시계를 보는 습관이 붙었다. 설정한 시간보다 일하는 시간이 길어지면 나는, 나도 모르게 부아가 치밀고는 했다. 어쨌거나, 요즘 나는 좀 이상하다.

커피머신에 캡슐커피를 집어넣었다. 집안을 휘돌아 보았다. 여기는 나의 공간이다. 친숙하고 편안한 곳이지만, 어쩐지 공허하고 쓸쓸한 기운이 감돌았다. 냉랭한 무엇인가가 냉장고나 세간들 뒤에 숨어서 나를 노려보고 있는 듯했다. 불안하다. 가슴까지 두근댔다. 남편이 곁에 있기나 한 듯이 나는 큰 목소리로 말했다.

"너, 말해라. 무슨 일이야? 지난 수요일 밤에 어디 있었어? 전화도 안 받더라? 혹시 바람났니? 아니면 아이를 치고 달아난 뺑소니범이 너였어?"

나의 목소리가 아무도 없는 집안에서 이리저리 흔들리면서 퍼져나갔다. 안방, 아들 방, 화장실, 다용도실을 돌고 돌아서, 부엌 싱크대를 쾅쾅 부딪치고는, 다시 나에게로 되돌아왔다. 나는 조금 비틀거린다. 지금 집안에는 아무도 없다. 오직 나 혼자뿐이다. 시청에 있을 남편과 독립하여 외지에서 생활하는 아들과 딸은 집안에 없었지만, 여전히 그들은 집안 곳곳을 꽉 채우고서 나를 압박하고 있었다. 거실에, 식탁에, 안방에, 화장실에 버티고 앉아 쫑알쫑알, 께죽께죽 떠들어댔다. 남편의 목소리가 가장 크게 들렸다.

─ 괜찮아, 아무것도 아니야. 입도 뻥긋하지마, 그까짓 애새끼.─

엿새 전에 우연히 엿들었던, 남편의 목소리가 지금 나의 귀청을 꽝꽝 때린다. '그까짓 애새끼'라니? 더구나 복지국 공무원이? 그 아이가 누가 됐던 아이를 '그까짓 애새끼'라 말해도 될까? 행동거지 똑바른 남편 입에서 쉽게 튀어나올 말이 아니었다. 무슨 일이 있지 않고서야 함부로 내뱉을 수 없는 단어인 것이다. 또 남편의 목소리는 어떻고? 그냥 못 들은 척 흘려보낼 수 있는 목소리가 아니었다. 조금 강압적으로 지시하던 목소리는 남편의 것이 분명한데 평소에 듣던 그의 목소리가 아니었다. 괴기스러울 정도로 이상하고 섬뜩하기까지 했다. 이상한 일이다. 도대체 남편과 그 주변에 무슨 일이 일어난 것일까? 짐작도 할 수 없었다. 나는 당연히 남편에게 물어보았어야 했다. 말해, 당신, 무슨 일이야? 입안에서 뱅뱅 돌뿐, 말이 되어 입 밖으로 나오지 않았다. 들어서는 안 될 말을 듣게 된다면 어쩌지? 나는 입을 꾹 닫았다.

나는 불안과 두려움의 늪에 빠졌다. 눈앞의 땅이 갑자기 사라진 듯했으며, 더 나아가 나의 몸이 허공에 매

아버지의 땅

달린 채 대롱대롱 흔들리고 있는 듯했다. 공명심과 재물에 마음을 빼앗긴 남편이 뇌물을 받고 해서는 안 되는 부정한 일을 저질렀고, 지금 그것이 탄로 났을지도 모른다. 뇌물은 고급공무원에게는 흔하디흔한 일이라고, 아무렇지도 않게 말하던 고위 간부 부인이 떠오른다. 남편은 징계나 파직을 당할 수도 있다. 파직으로 끝나지 않을 정도의 중죄라면 감옥에 가야 할까? 또 어쩌면 남편은 찰나의 실수로 교통사고를 냈을 수도 있었다. 앞으로의 일은 아무도 모른다. 누구라도 씻을 수 없는 실수를 할 수 있고, 감옥에 갈 수 있는 것이다.

남편이 말한 '그까짓 애새끼'는 도대체 어떤 아이를 두고 말하는 것일까? 그 단어를 들었던 순간부터, 그 말이 나의 목에 걸렸다. 소화할 수 없는 가시나무 막대기가 되어서 나의 가슴을 쿵, 쿵, 때렸다.

커피는 알맞게 뜨거웠다. 내가 선호하는 온도다. 한 모금 머금었다. 금세 뜨거움이 입안을 가득 메운다. 커피 위에 내려앉은 거품까지 천천히 음미했지만, 뜨겁기만 할 뿐, 기분은 조금도 나아지지 않았다. 불현듯이 나를 휘어잡고 있는 이상한 생각들을 어떻게 해석하고 받아들여야 할 것인지와 하얀 개와 내 손등을 물고 달아난 여자아이가 뒤죽박죽 섞여서 혼란스럽다. 정신마저 어지럽다. 가슴이 울렁거렸다.

남편에게 일어난 일, 남편이 행한 일이 만약 내가 이해하고 받아들일 수 없는 것이라면 나는 예전처럼 남편과 잘 지낼 수 있을까? 이혼을 생각할 정도로 심각하다면? 이혼할 수 있을까?

마음속에 일어나는 여러 가지 생각들을 털어버리려고 라디오를 켰다. 주파수를 음악방송에 맞췄다. 노래가 흘러나온다.

'머리에 꽃을 달고 미친 척 춤을,

아파트 옥상에서 번지점프를,

신도림역 안에서 스트립쇼를.'

멋진 노래다. 가사가 마음에 들었다. 문득 묘하면서, 기분 좋은 생각이 떠올랐다. 나는 새빨간 팬티가 훤히 보이는 야한 옷을 차려입고서 남편 근무지로 찾아간다. 많은 사람이 오가는 청사 로비에서 스트립쇼를 한다. 남편은 어떤 얼굴을 할까? 남편 이름이 붙은 사무실은 2층 가운데 방이다. 방문이 열리고, 입을 꾹 다문 남편이 나의 앞으로 턱턱 다가온다. 그다음 이건 중요한 건데, 남편은 나를 모르는 여자를 보는 것처럼 싹 외면하고서, 쓱싹쓱싹, 나의 앞을 지나쳐 가 버린다. 분명하다. 남편은 나를 외면한다. 노려보는 것조차 하지 않는다. 내가 흙탕물에 빠져서 허우적거리고 있다면, 남편은 같이 흙탕물을 뒤집어쓰면서 나를 구할까?

아닐지도 모른다. 아닐 것이다. 아니다. 그는 원래부터 그렇고 그런 사람이었지 않았을까?

어렴풋이 핸드폰 신호음이 들렸다. 어디 있는 거지? 허둥거리면서 소리를 찾아갔다. 침대 위 이불 밑이다. 핸드폰을 집어 들었다. 자동차정비소가 찍혔다. 여보세요? 할 틈도 없이 조금 다급한 느낌의 쉰듯한 남자 목소리가 곧바로 튀어나온다.

"이경씨 되시죠? 모던 카센타인데요."

"아, 예."

"자동차 수리 끝냈어요. 마침 부품이 다 있어서 날짜보다 일찍 끝낼 수 있었어요. 배달도 가능합니다만 직접 오신다기에 전화했어요."

"그랬군요. 곧 갈게요."

깜박 잊고 있었다. 뒤 범퍼가 깨어지고 문짝이 뒤틀어진 나의 낡은 자동차를 정비소에 맡겼다는 사실을 까맣게 잊고 있었다.

핸드폰에는 정비소에서 전화를 걸어온 흔적이 남아 있었다. 세 번씩이나 찍혔다. 그러고 보니 전화를 받자마자 곧바로 흘러나온 목소리에는 짜증인지 다급함인지 모를 뭔가가 뒤섞여 있었다. 정비소의 왜소한 몸집의 중늙은이 기사가 떠올랐다. 그에게 어떤 사정이 있는지 알 수 없었지만 빨리 자동차를 찾아가라고 재촉

하고 있었다. 자동차에 무슨 문제라도 생긴 것일까? 아니면 자동차를 찾아가지 않을까 염려했을까? 돈이 급해서일까? 그럴 수도 있겠지만 수리비용 전액은 나의 자동차를 들이받은 상대편에서 정산하게끔 되어있었다. 물론 보험회사에서 처리할 터였다. 뭔가가 꺼림칙했다. 세상일이란 예측한 대로 흘러가지 않을 때가 많고, 잡다하고 번잡하게 굴러가기도 하니까. 전화를 한 사람은 나의 자동차를 수리한다는 늙지도 젊지도 않던 그 사람이었을까? 그날 들었던 목소리와 닮은 것 같기도 하고 아닌 것 같기도 했다. 명함이라도 받아 왔어야 했나? 카센타에 도착하고, 나의 차가 레커차에서 분리됐을 때, 나는 레커차 기사와 중늙은이 앞으로 주춤주춤 걸어가서 말뚝이처럼 삐죽하게 서서 두 사람을 바라보았다. 그랬더니 중늙은이가 말을 붙여왔다. 말품새가 겉모습과 달리 조곤조곤했다.

"잘 수리하려면 예니레 정도 걸리겠는데요."

"그렇게 오래 걸리나요?"

"뜯어 봐야 확실하게 알겠지만요. 교체될 부품이 제법 많을 것 같아서 그래요."

예니레나 걸린다더니, 나흘 만에 수리를 끝낸 모양이다. 꼼수 부리지 않고 정직하게 잘 고쳤을까? 너무 빠르게 수리해도 의심증이 생기는 법이다.

버스에서 내려다보는 길바닥이 온통 허옇다.

그사이 꽃이 졌다. 나뭇가지마다 하얗게 매달려 있던 꽃잎들이 떨어진 자리에 파릇한 이파리가 돋아나는 게 설핏 보였다. 모던 카센타에 자동차를 맡긴 건 나흘 전이었다. 불과 나흘밖에 지나지 않았지만 그사이 한 계절이 끝나고, 다시 한 계절이 시작되고 있는 것처럼 가지마다 환하게 매달려 있던 꽃송이들이 감쪽같이 사라졌다.

엄마 얼굴이 뇌리를 스친다. 청상과부였던 엄마는 항상 흰옷을 입고 살았다. 소창에 붙은 비계를 갈라내고, 허연 밀가루를 쏟아부어, 북북 문질러 닦으면서 엄마가 말했다. 엄마처럼 살지 마라, 월급 또박또박 받아오는 신랑 만나서 편하게 살아, 여자는 그저 남편 잘 만나서 아들딸 쑥쑥 낳고 알콩달콩 사는 게 젤 행복한 법이다. 그다음 엄마는 평생소원이라는 말을 덧붙이기를 좋아했다. 남편도 없이 재래시장 귀퉁이에서 순대국밥 팔아서 남매를 키워야 했던 엄마의 눈에는 남편이라는 사람이 가져다주는 월급으로 살아가는 여자들이 최고로 안락하고 행복해 보였을 것이다. 부럽기도 했을 듯했다. 나는 대학을 졸업하자마자 곧바로 결혼했다. 여자의 몸값이 가장 잘 나간다는 그때 행시에 합격한 공무원과 결혼하여 엄마의 소원을 이루어주었다.

사는 게 좀 재미없다고 느낄 때면 결혼식장에서 흐뭇하게 웃던 엄마의 환한 얼굴을 떠올리곤 했다. 어떤 때는 아이고 우리 딸내미 기특하고 장하다, 야야, 너들 우리 딸내미 같은 딸 없지? 큰소리치던 걸걸한 엄마 목소리가 설핏 들리는 듯하여 웃음이 나올 때도 있었다. 그랬는데, 언젠가부터 옳은 선택이 아니었을지도 모른다는 생각이 슬금슬금 들어서 나를 우울하게 만들었다. 자신이 몸담고 있거나 추구하던 분야에서 성공했다는 동기생들의 소식을 들을 때면 남편이나 시부모, 아이들이 아닌, 나를 위하여 나의 시간을 모조리 사용했어야 했다는 후회 아닌 후회 비슷한 생각이 들기도 했다.

왼쪽 어깨가 계속 저렸다. 남편 손이 닿았던 부분이다. 나는 남편의 손길을 털어내듯이 손수건을 꺼내어 저린 어깨를 쓱쓱 문질렀다. 어쩌다 나는 이런 마음을 품게 됐을까? 어쩌다가 나의 삶이 그 근원에서부터 흔들거리는 듯한 위기 속에 놓이게 됐을까? 남편이 속되게 내뱉던 말 '그까짓 애새끼' 속의 아이가 실제가 되어 나의 눈앞에 나타나서, 나를 노려보고 있는 듯했다. 위험하다.

자동차사고가 일어났던, 뒤차가 나의 차를 들이박던 그 날이 생생하다. 나는 목소리가 우렁우렁했던 기사가 운전하는 레커차에 타고 있었다. 레커차 꽁무니에 나의 자동차가 매달렸고, 나는 운전석 옆 좌석에 앉아 있었다. 의자는 딱딱했다. 방지턱을 타 넘거나 차선을 바꿀 때마다 의자가 풀썩풀썩 뛰어올랐다. 그때마다 궁둥이가 아팠다. 아프다고, 운전 좀 조심히 하라고 차마 말할 수 없었다. 입을 꾹 닫고 얼굴을 찌푸린 채 아픔을 꾹 참고 있는데, 룸미러에 비친 레커차 기사의 얼굴이 눈에 들어왔다. 씨익 웃고 있었다. 나는 뜨악한 마음을 숨긴 채 기사를 살폈다. 기사는 재미 난 놀이하듯이 핸들을 잡았다, 놓았다 하면서 계속해서 실실 웃었다. 나는 더욱 불안해졌다. 꼭 무슨 일이 일어날 듯했다. 그 불안함이 하얀 강아지의 죽음을 예고한 것이었을까?

레커차를 타려고 할 때 지민이 말했다.

"언니, 저거 타지 말자. 언니네 아파트 가까운 정비소에 전화해서 레커차를 보내 달라 하자."

사고가 나자마자 어떻게 알았는지 득달같이 달려와 기다리고 있는 레커차를 힐끗거리며 내가 말했다.

"그래도 저기에서 아까부터 기다리고 있는데, 다른 레커차를 부르기가 좀 그렇잖아?"

그래도 지민는 의심스러운 눈길을 거두지 않았다. 나는 괜찮다고 말했다. 사고가 났을 때부터 기다리고 있던 레커차를 이용하는 게 옳다고 생각했기 때문이었는데, 지금 생각해보면 내가 옳다고 여겼던 그 생각이 좀 우습다. 그때 뒤따라붙었던 생각도 기억난다. 내가 레커차를 타고 얼른 떠나야 지민과 후배들도 그 자리를 떠날 것이라며, 그들의 시간도 아깝고 중요할 것이라던 그 생각이 참 고루했다는 생각이 들어서 우습다.

사고는 성북삼거리에서 일어났다.

삼거리진입 전에 나는 2차선에서 1차선으로 차선을 바꾸었다. 신호등이 빨간색으로 바뀌고, 나는 정지선 앞에 자동차를 세웠다. 그때 갑자기 쿵쾅쾅, 요란한 소리가 들렸다. 동시에 나의 자동차가 앞으로 쭉 밀려서 횡단보도 한가운데서 섰다. 나는 자동차가 부서지는 줄 알았다. 깜짝 놀란 나는, 나도 모르게 액셀을 밟았다. 차도 가장자리에 자동차를 세웠다. 황망했다. 아니, 좀 어리벙벙했다. 도대체 무슨 일이 일어난 것인가? 혹시 테러범이 차도에 폭탄이라도 묻었을까? 조심스레 문을 열었다. 확, 탄 냄새가 풍겼다. 용기를 내어 차에서 내리고 보니, 뒤쪽 범퍼가 쭈그러진 채 덜렁거리고 뒤 문짝이 찌그러져 있었다. 무슨 일이 일어난 것일까? 처음 당하는 일이라서 감이 잡히지 않았다. 나는, 나의 차가 서 있었던 횡단보도 앞 정지선을 바라보았다. 그곳에 우뚝 서 있는 남자가 비로소 눈에 들어왔다. 알겠다. 내 자동차가 서 있던 곳에 있는 저 차가 나의 차를 들이받은 것이다. 남자는 나의 자동차를 사정없이 들이박은 자동차 곁에 서서 나를 멀뚱하게, 구경하듯이 바라보고 있었다. 나는 남자에게로 걸어갔다. 그때서야 남자도 나를 향해 걸어오기 시작했다. 남자와 나는 차로 가장자리에서 마주 바라보고 섰다. 남자가 말했다.

"내가 잘못하긴 했는데요. 앞에서 달리던 차가 급정거를 하는 바람에 어찌할 수 없이, 따라서 차를 급히 세웠고요."

남자의 말에 나는 순간적으로 주눅이 들었다. 내가 잘못했나? 남자 말대로 내가 급정거하는 바람에 사고가 일어난 것이 아닐까? 나는, 나 자신이 의심스러웠다. 남자의 말이 맞는 말이지 싶었다. 머릿속을 흔들어놓는 남편 때문이었다. '그까짓 애새끼' 생각에 빠져서 운전에 집중할 수 없었기에, 온전히 운전에만 집중했노라고 장담할 수 없었다.

나는 머뭇머뭇, 천천히 말했다.

"급정거는 하지 않았는데요. 정지신호가 떠서 정지했을 뿐이었어요."

"어쨌거나 내가 잘못한 건 맞아요."

남자의 말이 이상하게 들렸다. 자신의 잘못이라고 말

하긴 했다. 그러면서도 앞차인 나의 차가 급정거를 했으므로 어쩔 수 없이 자기도 급정거를 했다고, 얼핏 들으면 추돌사고의 원인이 급히 정차한 앞차 때문이었다는 말투였다. 잘못했지만 잘못하지 않았다고 우기고 있는 것인가? 황당했다. 어이가 없기도 했다.

남자의 말이 언짢았지만 나는 차분하게 말했다.

"보험회사에 연락해야겠지요?

"아니요, 그쪽은 보험회사에 연락할 필요 없어요."

"왜요? 앞 차 때문이라면서요?"

그때 눈에 익은 자동차가 서서히 다가오더니, 차도 가장자리에 바짝 세웠다. 자동차 문이 열리고, 동문수학 중인 셋이 한꺼번에 내렸다. 우리는 '현시대와 논어' 강의를 듣고, 조금 전에 헤어졌다. 다가온 지민이 말했다.

"어, 사고 났네, 남자와 여자네, 말하고 보니까, 언니더라."

어떻게 된 일이냐? 지민이 캐물었다. 나는 더듬더듬 사고 경위를 얘기했다. 구원병을 만난 듯 든든했다. 여자 넷이 떠들어대자 남자는 기가 죽고 긴장되는 모양이었다. 남자가 말했다.

"내가 백프로 잘못했으니 수리비용은 이쪽에서 모두 낼 거요."

지민이 핸드폰을 들이대면서 말했다.

"지금 아저씨가 하는 말 영상으로 찍어도 되지요?"

"왜? 왜, 찍겠다는 거요? 추돌사고 좀 냈다고 숫제 죄인 취급하는 거요? 살다살다 별일을 다 보겠네, 나 원 참."

남자가 언성을 높였다. 손사래까지 치면서 못마땅해했지만 지민은 영상으로 찍었다. 남자의 말을 듣지 못한 척했다.

버스에서 내렸다. 그날, 여자아이가 하얀색 강아지를 안고 서 있던 장소와 멀지 않은 정류소였다.

머리 위로 빗방울이 하나, 둘 떨어졌다. 일기예보가 맞나보다, 나는 점퍼에 붙어 있는 후드를 머리 위로 올렸다.

바람이 불고 있었다. 길가에 쭉 늘어선 이팝나무가 빈 가지를 스스스 흔들었다. 문득 눈덩이처럼 매달려 있던 흰 꽃이 그리워졌다. 바늘처럼 뾰족하던 꽃송이, 방문을 열었을 때 문설주에 쫙 달라붙어 있던 얼음 바늘과 닮았던 그 꽃송이들이 보고 싶었다.

그해는 눈이 참 많이 왔다. 눈이 토방에 차올라도 엄마는 집에 오지 않았다. 사방천지에 보이는 건 하얀 눈뿐이었다. 방안에 놓아둔 사발에 담긴 물에 살얼음이 얼었다. 일곱 살 어린 나는 이불로 온몸을 꼭꼭 싸매고 엄마를 기다렸다. 잠이 들고 깨기를 반복했다. 어쩌다 잠에서 깨어나 문을 열어보면 바깥은 희고 흰 눈만이 사방을 덮고 있었다. 눈이 멈추고 청청한 하늘에 해가 떴어도 눈은 사라지지 않았다. 눈을 바라보고 있노라면 눈이 따가웠다. 눈물이 났다. 나는 눈을 감고 뜨지 않았다. 다시 이불을 잡아당겨 몸에 칭칭 감았다. 그다음부터 이불 속을 벗어나지 않았다. 얼마나 잤을까? 엄마 목소리가 희미하게 들렸다. 경아, 눈 떠봐. 눈 좀 떠보래도. 엄마가 시장에서 돌아와 있었다. 팥을 넣은 찹쌀밥과 미역국을 끓여두고 나를 깨웠다. 나의 생일날이었다. 눈에 갇혀서 집으로 올 수 없었던 엄마가 집에 왔을 때 나는 숨이 붙어 있었는데, 의식은 없었다고 했다. 갖은 애를 태우면서 나를 살려냈다고, 그때는 정말 무서웠노라고 엄마는 종종 말했다.

　큰길을 벗어났다. 레커차가 접어들었던 샛길로 걸어갔다. 그날도 나는 레커차 운전석 옆자리에 앉아서 이 길을 갔다. 뒤 범퍼가 부서지고 문짝이 너덜거리는 나의 자동차를 꽁무니에 매달은 레커차는 방지턱을 지나갈 때면 의자가 튀어 오를 만큼 덜컹거렸다. 목소리가 유난히 커서 말을 할 때마다 운전석과 그 옆 좌석뿐인 좁은 공간이 부르르 떨렸다. 지금 떠올리면 좀 우습지만, 그때 나는 몸집 크고 목소리가 우렁우렁한 레커차 운전기사를 좀 무서워했던 것 같다. 좁은 공간에서 낯선 남자와 함께 있어 본 경험이 없었다는 것도 한몫했을 터였다. 아무튼, 그때 나는 레커차에 앉아있는 동안 내내, 내가 가입한 D보험회사에서 직영하는 정비소로 갔어야 했다든지, 집 가까운 정비소라도 갔어야 했다든지 하는 생각에 골몰해 있었다. 집에서 한 블록 떨어진 정비소는 몇 번인가 이용한 적이 있었다. 안면 있는 직원도 있었고 깔끔하고 세련된 현대식 장비까지 갖추고 있었다. 지민이 그 정비소에 전화까지 했다. 그때 전화를 받은 정비소 직원이 대답하기를, 지금 출발해도 사고현장에 도착하려면 한 시간쯤은 걸린다고 했다. 한 시간쯤이야, 그냥 기다렸어야 했다고 후회했다. 나 때문에 집에 가지도 못하고 같이 기다려줄 동문들 생각에 얼른 사고현장을 떠나야겠다고 서둘렀다. 그 탓이다. 뒷일을 생각하지 않았던 나의 부주의함이, 레커차 꽁무니에 부서진 나의 자동차를 매달고서 조수석에 훌떡 올라타고 사고현장을 떠난 그 순간부터 나를 불안하게 만들었다.

모던 카센타의 허름한 시설을 본 순간은 또 얼마나 놀랐는가. 이름만 모던 카센타일뿐이었다. 전혀 모던하지 않았다. 낡은 외양에 걸맞게 왜소한 몸집의 중늙은이가 카센타 안에서 휘적휘적 걸어 나오자, 레커차 기사가 말했다.

"사장님, 사고 차, 데리고 왔어!"

중늙은이가 대답했다.

"강군, 고마워. 수고했네."

두 사람이 하는 수작질을 보면서 나는 또 가슴이 덜컥 내려앉았다. 레커차 기사는 뒷돈을 받으려고 자신과 거래하는 정비소로 나의 자동차를 가져다준 거였다. 나는 참 바보 같았다. 그때 나는 남편의 말과 행동을 나름대로 되짚어보는데 정신을 쏟고 있었다. 레커차에 매달린 나의 자동차가 이름도 거창한 모던 카센타에 도착할 때까지도 나는 기사에게 내가 사는 주소지를 알려주지 않았다. 집에서 가까운 정비소로 가자는 말도 하질 않았다. 그래서 기사는 자기 마음대로 나의 자동차를 자기가 좋아하는 정비소로 끌고 간 것이다. 레커차에서 훌쩍 뛰어내린 기사가 나의 자동차를 레커차에서 분리하는 모습을 바라보면서, 나는 그 사실을 깨달았다. 그러나 이미 늦어버렸다. 나는 불안한 마음으로 지켜볼 수밖에 없었다. 차를 맡긴 다음, 버스를 타고 집으로 가면서 비로소 생각해냈다. 기사의 턱없이 높았던 목소리와 과장된 몸짓들에서 느꼈던 그 불편함을. 기사는 경계선 지능에 갇혀있는 사람이었거나 약간의 지적장애가 있는 사람이라는 것을 어렴풋이

아버지의 땅

나마 깨달았다. 그날 나는 무슨 생각에 빠져 있었을까? 아마도 남편이 직원에게 한 말 '그까짓 애새끼'가 무엇을 뜻하는지를, 어떤 아이를 두고 하는 말인지를 깊게, 깊게 생각하고 있었을 것이다.

이제야 생각해보면 사고나 일 같은 것은, 그 사고나 그 일 자체가 걸어가야 하는 길이 따로 정해져 있는 것처럼 생각되기도 한다. 그 모든 것들도 사람처럼 모두가 살아있는 유기체일지도 모른다고 느껴지는 것은 왜일까?

모던커센타에서는 나의 자동차를 고치긴 했을까? 금방이라도 쓰러질 것만 같았던 주인인지 기사인지, 그 사람은 나의 자동차를 잘, 완벽하게 수리했을까? 의심스럽다. 어쩐지 신뢰가 가지 않았다. 빨리 찾아가라고 독촉하는 전화를 해댄 것을 보면 수리를 완료한 것으로 여겨지긴 했다. 어쩌면 그 왜소한 중늙은이가 사고 자동차 주인인 나를 의심하여 짐짓 떠보는 수작으로 전화를 걸었던 것일지도 모르겠다. 혹여 중소형 자동차라고 깔보고 무시하는 것일까? 별의별 생각에 빠져서 나는 흐느적흐느적 걸었다. 카센타에 가 보면 어떻게 된 사태인지 알 수 있을 터였다.

빗방울이 처음의 질량을 유지하고서, 처음 속도 그대로 나의 머리 위로 떨어지고 있었다.

똑, 똑, 똑.

저 위, 하늘 위에서 누군가가 나의 머리를 똑똑, 노크하는 듯했다. 후드 위에 고여있던 빗물이 양쪽 귀 옆으로 또르르 굴러떨어졌다. 속삭이는 듯했다. 괜찮아, 괜찮아, 잘 될 거야. 그러나 괜찮지 않다는 것쯤은 하늘도 알고 나도 알고 있다.

빗방울이 멈췄다. 손을 올려 빗물이 고였을 후드 겉부분을 쓸어내리면서 후드를 벗었다. 하늘을 올려다보았다. 검은 먹구름이 온통 하늘을 뒤덮고 있었다. 지금 내린 비는 맛보기 비인 모양이었다. 금방이라도 굵은 빗줄기가 땅으로 쏟아질 것 같았다. 걸음을 멈추고 서서 다시 골목을 휘둘러보았다. 근방 어딘가에는 그날 나의 손등을 물어뜯었던 아이가 살고 있을 것이다. 골목을 끼고 양편으로 쭉 늘어선 집들 하나하나에 눈길을 주었다. 아이들의 그림자도 목소리도 들려오지 않았다. 그 아이는 어느 집에서 살고 있을까? 그 아이, 괜찮을까? 밤에 잠을 잘 때 나쁜 꿈에 시달리는 것은 아닐까? 이 시간이면 어린이집이나 유치원에 있을성싶다. 아이가 살고 있음직한 집을 머릿속으로 그려 보았지만, 가늠되지 않았다.

곧 비가 내릴 것임에도, 서둘러 카센타에 도착하여야 함에도 나는 느릿느릿 걷고만 있었다. 골목 끄트머리에 어린이 놀이터가 있었던 게 생각났다. 그다음 작은 다리가 있었다. 다리를 건너서 왼쪽인가 오른쪽인가, 아무튼 휘어진 길 끝자락에 카센타가 있었다. 다리 위에 서서 바라보면 아마도 보일 것이다. 얼마 남지 않았다.

공터가 나타났다. 기억한 대로 어린이 놀이터가 있었다. 놀이터는 넓지 않았다. 그네와 시소, 미끄럼과 정글짐이 얕은 모래가 깔린 바닥에 놓여있었다. 주위에는 나무 한 그루, 꽃이 핀 풀 한 포기 보이지 않았다. 아이들 몇이 정글짐에서 놀고 있었다. 아이들에게 다가갔다. 그날의 여자아이가 있는지 살펴보았다. 얼굴이 파리하고 머리를 양 갈래로 묶었던 그 아이는 없었다. 아이들에게 그 아이의 생김새를 말해주면서 찾아볼까도 생각했지만, 그만두었다. 애써 찾아서 내가 무엇을 할 수 있겠는가? 기껏 한 번쯤 안아주는 것? 그다음 내가 할 수 있는 일이란, 없을 터였다. 아이에게 시꺼멓게 변해가는 잇자국이 선명한 나의 손등을 내보이면서 너, 왜 물었어? 다그치면 아이는 또 으앙으앙, 크게 울어버릴 것이다. 나는 아이의 크나큰 울음소리를 상상하면서 걸었다. 조금쯤 유쾌한 기분이 들었다.

다리다. 몇 걸음이면 지나갈 수 있는 짧은 다리였다. 다리 아래를 내려다보았다. 물이 없었다. 다리 건너 휘

돌아진 길 왼편에 모던 카센타가 있었다. 검은 옷을 입은 남자 둘이 막 자동차에 오르는 게 보였다. 자동차정비를 맡기고 가는 사람들이지 싶었다. 그 사람들이 탄 자동차가 나의 옆을 휙 지나쳐갔을 때, 툭툭, 머리 위로 굵은 빗방울이 떨어지기 시작했다. 비로소 나는 빠르게 걸었다. 금세 빗방울은 장대비로 변하였다. 뛰었다. 카센타에 들어섰을 때, 비는 더욱 굵은 장대비가 되어서 장막처럼 사방을 가로막으며 땅으로 내리꽂혔다.

　카센타에는 아무도 없었다. 허리가 굽고 몸집이 왜소하던 중늙은이 정비기사도, 레커차 기사도, 나의 자동차도 보이지 않았다. tv소리만 왕왕한다. 흥겨운 소리였다. 어디선가 벌어지는 신나는 축제를 중계하고 있는 듯했다. 실내를 돌아보았다. 넓지 않았다. 창고를 겸한 다용도실인 듯, 용접기와 정비 공구 등 잡다한 물건들이 쌓여있었다. 한쪽에는 낡은 탁자와 의자 네 개가 놓였다. 의자 뒤편에는 초록색 페인트가 덧칠된 문이 하나 있었다. 조금 망설이다가, 문을 밀었다. 윙, 소리와 문이 스르르 열렸는데 사방이 푸르스름했다. 벽 색깔과 전등이 모두 푸른색이었다. 느낌이 묘했다. 언젠가 해변에서 날밤을 보낸 적이 있었다. 그때 밤이 가고 첫새벽이 올 무렵 저 멀리 바다 끝에서 아스라이 빛나던, 그 빛 같았다. 푸른 빛이 주는 착각일까? 마치 비밀스러운 공간으로 들어온 듯했다.

아무도 없었다. 작업장이 분명했지만, 몇 개의 공구들이 벽 가장자리에 흩어져 있을 뿐 인기척 하나 들리지 않았다.

"계세요?"

주인을 찾았다. 기척도 응답도 없었다. 주위를 찬찬히 살펴보았다. 나의 자동차가 있었다. 나의 자동차가 분명한데도 아닌 듯했다. 어딘지 모르게 새로워져 있었다. 말끔하게 잘 정비되었다는 느낌과는 조금 달랐다. 자동차 공장에서 금방 나온 새 자동차를 보는 듯했고, 어딘지 모르게 신비스러웠다. 어찌 된 일이야? 도대체 여긴 어디란 말이야? 뜻밖의 상황에 얼떨떨해진 나는 이상한 곳에 들어온 듯하여, 두려웠다. 못 올 곳에 발을 들여놓은 듯하여 머릿속이 띵했다. 자동차 안을 들여다보았다. 키는 꽂혀 있지 않았다. 다시 사방을 찬찬히 살펴보려는데 찬바람 한 자락이 훅, 손등을 스친다. 고개를 돌려서 바람이 들어오는 쪽을 바라보았다. 내가 열고 들어온 반대편에 또 다른 출입문이 있었고, 중늙은이 정비기사가 모습을 드러냈다. 그의 등 뒤 바깥에는 딴 세상인 듯, 눈덩이 같은 꽃송이가 흐드러지게 달린 이팝나무들이 서 있었다. 비 내린 흔적조차 보이지 않았다.

　기사가 나를 향해 휘적휘적 걸어오자, 나는 쫓기듯이 운전석 문을 열었다. 알 수 없는 향기가 콧속으로 훅, 밀려들었지만 재빠르게 운전석에 앉을 수 있었다. 홀린 듯했다. 다가온 그가 자동차 키를 내밀고는, 말했다.

　"여보, 신나게 밟아봐." ✤

하늘귀뚜리 울음소리

냉장고에서 박카스를 꺼내 마신 김이 1번 병상에 걸터앉았다. 곧바로 핸드폰에 코를 박고 키들거렸다. 지금 병실에는 박과 김 두 사람뿐이다. 목발을 짚고 화장실에 간 3번 병상의 강은 아직 돌아오지 않는다. 별안간 쿵, 쾅당당, 소리가 들렸다. 뭔가가 심하게 떨어지거나 넘어질 때 나는 소리였다. 화장실 쪽이다.

키들거리던 김이 벌떡 일어났다.

"넘어진 것 같아!"

소리치면서 문을 열고 뛰어나갔다. 김의 핸드폰이 방바닥에 툭, 떨어진다. 2번 병상에 누워있던 박이 부스스 몸을 일으켰다. 핸드폰을 집어서 1번 병상에 올려놓았다.

금방, 문이 빼꼼 열리면서 김이 2번 병상의 박을 향

해 손짓했다. 맥없는 표정으로 앉아있던 박이 김의 손짓에 이끌려 병실 밖으로 나갔다.

"화장실에서 넘어졌어."

김이 박을 보고 소곤거렸다. 화장실에는 3번 병상의 강이 바닥에 철퍼덕 주저앉아있었다. 바로 옆에 돌쩌귀가 빠진 문짝이 비스듬히 세워져 있었고, 또 그 옆에는 강이 짚고 다니던 목발이 아무렇게나 내팽개쳐져 있었다. 김이 강의 오른쪽 겨드랑이를 잡았다. 따라서 박도 강의 왼쪽 겨드랑이에 손을 넣어 잡았다. 강을 일으켰다. 꿈쩍하지 않았다. 둘이지만 힘이 약했던 모양이다. 으샤, 김이 힘쓰는 소리를 내면서 하나, 둘, 셋을 헤아렸다. 박은 김이 셋을 헤아릴 때 같이 힘을 주었다. 겨우 몸을 일으킨 강이 왼발로 섰다. 위태위태해 보였다. 김이 얼른 목발을 집어서 강의 겨드랑이에 끼워 주었다. 김과 박이 양옆에서 부축했다. 강을 겨우 병실로 데려올 수 있었다.

김이 tv아래 탁자에 놓인 실내전화를 집어 들었다. 02번을 눌러서 말했다.

"309호실인데요, 환자가 떨어지는 화장실 문짝에 맞았어요. 넘어지면서 다쳤어요."

사실 강이 넘어지면서 화장실 문을 떨어뜨렸는지, 정말 화장실 문이 떨어지는 바람에 강이 덩달아 넘어졌

아버지의 땅

는지 알 수 없었다. 그렇지만 김은 떨어지는 화장실 문 때문에 강이 넘어진 게 사실이라고 간호사에게 말하고는 강을 바라보면서 으쓱댔다.

간호사가 휠체어를 끌고 왔다. 강을 태운 휠체어가 병실을 벗어나자, 김이 박에게 소곤소곤 말했다.

"저 사람 좀 깔랑해. 나이가 78세나 되는데 춤추는 걸 좋아해서 매일 춤추러 다녔대. 다친 그 날도 클럽에서 나오다가 계단에서 발을 헛디뎠대. 하필이면 옆에 세워져 있던 쇠사다리와 같이 넘어졌는데, 사다리의 쇠가 강의 발뒤꿈치를 심하게 때렸다나 봐. 그때 오른발 뒤꿈치가 박살이 났어. 세상에! 발뒤꿈치를 다쳐서 입원했지만, 자식들에게 연락하지 않아요. 셋이나 된다면서. 뭔 까닭인지 궁금해 죽겠다니까. 자식들에게 못할짓이라도 해서 의절한 사일까? 원장이 방 안에 화장실이 딸린 2인실에 입원하라고 했는데도 굳이 다인실로 온 걸 보면 병원비 댈 돈도 없는가 봐. 2인실은 입원비가 비싸서 하루에 3만원이야. 발뒤꿈치가 조각조각 깨진 탓에 깁스를 하고 있거든. 심하게 부어올라서 수술할 수가 없대. 붓기가 가라앉으면 수술로 깨진 뼛조각을 맞출지 수술하지 않은 채 그냥 그대로 붙어버리기를 기다릴지는 본인이 결정해야 한다고 담당의가 말하던데. 수술 않고 그냥 붙기를 기다린다나, 어쩐

다나."

진선미 정형외과병원은 이천삼백 세대나 되는 아파트와 오래된 주택가를 양쪽으로 끼고 있다. 목이 좋아서 환자가 많은 편이다. 환갑은 지난 듯 보이는 원장은 병원 주위의 땅을 몽땅 사들였다는 소문도 돌았다. 병원 뒤편의 주택들을 허물어뜨리고 주차장으로 쓰고 있는 것을 보면 그 소문이 사실인 듯했다.

309호 병실, 1번 병상의 김은 병원이 어떻게 돌아가는지, 입원실의 환자들에 관해서 모르는 게 없었다. 3층에서 5층까지 수 십 개의 병실에 입원한 환자가 누가 누구인지를 거의 꿰고 있었다.

박은 교통사고 다음날인 24일 오후에 진선미 정형외과 309호실에 입실했다. 이제 겨우 이틀이 지나갔을 뿐이다. 그러니까 박은 23일 친구들과 학봉 선생님의 '21세기와 논어 이야기' 특강을 듣고 돌아오는 길에 교통사고를 당했다. 당했다는 말이 맞는 말이라고 박은 지금도 생각한다. 빨간색 정지신호에 맞추어 횡단보도 앞 정지선에 얌전히 서 있던 박의 차를 뒤따라 오던 차가 콰당, 박았다. 뒷 범퍼가 박살 난 박의 차는 1미터 정도 앞으로 밀리고서 멈췄다. 많이 다친 건 아니었다. 찢어지고 부러진 데는 없었다. 그런데도 온몸이 정상이 아니었다. 타박상을 입은 듯 여기저기가 마뜩

잖았다. 오른쪽 발목과 손목, 허리가 아팠다. 특히 발목과 손목이 심했다. 차가 앞으로 밀릴 때 오른발 발목이 삐끗했고 핸들을 쥐고 있던 손목 또한 비틀어진 모양이라고, 박은 짐작했다.

진료실에 실려 갔던 강이 병실로 돌아왔다. 오래 걸리지 않았다. 강을 데려온 간호사가 병실을 벗어나자, 김이 물었다.

"의사가 뭐라 했어요?"

강이 우물우물 대답했다.

"아무 말도 없었어. 그냥 발뒤꿈치만 한 번 쓰윽 보던데, 뭐."

김이 고개를 갸웃거리며 다시 말했다.

"그래요? 좀 이상한데요. 뭔가 합당한 조치가 있어야 하는 거 아니에요?"

오후 6시의 회진. 담당 의사가 원무과 직원과 간호사와 엑스레이 찍는 기사를 거느리고 각 병실을 돌아보는 시각이다. 우리들 환자는 얌전하게 병상에 앉아서 의사를 기다렸다. 309호실에 들어온 의사가 김과 박에게 어떠냐고 몸의 상태를 물어본 다음 강에게 말했다.

"나중에 뒤뚱뒤뚱 걷게 되거나, 디딜 때 발이 아프면 후회되지 않겠어요? 수술해서 깨진 부위가 깔끔하게 잘 붙게 하는 게 좋을 것 같네요. 우리 병원에서는 수술할 수 없으니 수술할 생각이 있으면 수술 잘하는 병원을 소개할게요."

수술할 작정이면 되도록 빨리 결정하는 게 좋다고 말한 의사가 방을 나갔다. 강이 훌쩍훌쩍 울기 시작했다. 사람이 울고 있는 모습을 처음 보는 것도 아니건만, 박은 강이 우는 모습을 바라보는 게 못내 어색하다. 달래야 할지, 그냥 바라보고 있어야 할지 몰라서였다. 그저께 박이 입실하려고 309호실 앞에 왔을 때도 강은 울고 있었다. 박은 막 병실로 들어서는 중이었는데, 울음소리에 어찌해야 할지 몰라 한참을 병실 밖에 우두커니 서 있었다. 좀 끈질기다시피 한 울음이 차츰 잦아들다가 완전히 끊겼을 때, 그때서야 박은 병실 안으로 들어설 수 있었다. 그래도 병실 안에는 울음 뒤끝이 잔잔하게 떠도는 듯해서, 가랑비에 젖은 나뭇가지에 내려앉는 축축함과 마주 대하는 듯했다. 어쩐지 난감했다.

그때 처음 보는 김이 느닷없이 박에게 달려들어서 소곤거렸다. 남아있는 형제들 다 죽고 하나 남았다는 팔순 오라비가 방금 병문안 왔다 갔다고, 그 오라비가 병실로 들어서자 갑자기 부모상 당한 딸처럼 슬피 울었다고.

수술할 병원에서 강을 데리러 왔다. 강은 00병원이라고 쓰인 승합차를 타고 수술받으러 갔다. 강이 탄 차

아버지의 땅

가 병원 주차장을 떠나자 김이 실실 웃으며 말했다.

"다칠 때 곁에 있으면서도 강을 잡아주지도 않았던 애인인지 뭔지 모를 그 남자는 면회 한 번 오지 않았다니까. 다 늙어서 그것도 하지 못할 거면서 뭐 하려고 쓸데없이 남자를 만나는지 모르겠어."

2번 병상의 환자가 어제 낮에 퇴원했다. 박은 밤중에 병상을 옮겼다. 5번 병상에서 2번 병상으로 소소한 짐도 같이 옮겼다. 2번 병상에서 내다보는 바깥 풍경도 썩 괜찮았다. 도심을 가로지르는 강과 산, 산의 정상에 있는 팔각정과 삼국시대 산성과 봉우리까지 훤히 다 보였다. 서쪽 창 바로 곁이어서 어쩌면 근사한 일몰을 매일 저녁 볼 수 있을 거라는 생각에, 박은 설레기까지 했다. 이사 끝내고 병상에 누워 잠을 청했을 때였다.

쩝끄르르륵, 쩝끄르르륵, 이상한 소리가 들렸다. 귀뚜린가? 문득 어머니 목소리가 뇌리를 스쳤다. 하늘귀뚜라미 소리가 들린다. 저승사자가 찾아 오겠구나.

입실한 날 저녁에는 많이 당혹스러웠다. 2번 병상의 환자가 퇴원하는 기념으로 짜장면과 짬뽕을 배달시켰다. 근방에서 맛 좋기로 소문난 집이라고 김이 추천했다. 박이 입실한 지 두어 시간도 채 지나가지 않았을 때였다. 모르는 사람이, 아니다, 나이를 물어보긴 했다. 아직은 얼굴까지 익힐 짬이 없었던 사람, 김이 느닷없이 물었다. 짜장 짬뽕 중에 뭐 먹을 거냐? 박은 얼떨결에 짬뽕, 했다. 세상에 짬뽕이 본래 이렇게 맛없는 음식이었나? 박은 젓가락을 들고 국수 가닥을 휘저으며 속으로 의심 반 욕 반을 해댔다. 절반의 절반도 삼키지 못하고 박은 젓가락을 놓고 말았다.

5번 병상은 창가가 아닌 벽 쪽 구석 자리인데 머리 바로 위에 에어컨이 달려있었다. 그제 하룻밤을 뜬눈으로 보내다시피 했다. 요란하게 돌아가는 에어컨 소리에 잠을 잘 수가 없었다. 그뿐인가? 2번 병상의 환자가 고시랑고시랑 죽은 남편 욕하는 소리를 밤새도록 들어야만 했다. 2번 병상의 여자는 65세라는데 자그마하고 호리호리한 몸매에 얼굴은 곱상했는데, 무릎에 인공관절을 넣었다고 했다. 인공관절 넣는 수술을 큰 병원에서 한 다음 정양하는 차원에서 입원비가 저렴한 병원을 찾다 보니, 또 집과 가까운 장소를 고르다 보니 진선미정형외과 입원실로 오게 되었다고 했다. 두 주일 동안 입원했던 여자는 며칠 더 입원하려고 했지만, 원장의 퇴원 오더가 떨어져서 어쩔 수 없다면서 짐을 정리했다. 여자는 짐을 싸느라 밤새 부스럭, 부스럭 대면서 죽은 남편을 욕했다. 1번 3번 4번 병상에서 잠이 들었던 환자들은 잠결에 여자의 넋두리를 반쯤은 들었고, 반쯤은 흘려보냈을 듯했다. 5번 병상에서 겨우 잠이 들었던 박도 여자가 구시렁거리는 소리를 절반은 듣고 절반은 흘려보냈다.

"글쎄, 죽는 순간까지 바람을 피웠다고요. 곧 숨이 넘어가면서도 그 여자를 기다리고 있더라고요. 말이 되느냐고요. 참다못해 내가 그 여자에게 전화를 걸었어요. 마지막 가는데 얼굴 보고 가라고요. 세상에나, 그 여자가 턱 하니 나타났어요. 남편은 죽어가면서도 그 여자를 보고 지랄병처럼 웃더라고요. 웃고 있는 남편 얼굴에 오줌을 싸지르고 싶은 걸 참았어요. 물어뜯을 뻔했다고요. 하도 분해서 남편 장례 치르고 그 여자를 찾아가서 물어봤어요. 내 남편과 도대체 몇 년이나 만났느냐고요. 그랬더니 그 여자 눈도 깜박 않고 말해요. 이십사 년이라고요. 기가 막힙디다. 일이 년도 아니고 무슨 바람을 이십사 년씩이나 피우느냐고요. 바람이 아니고 아예 첩 살림을 했더라고요. 남편은 쥐꼬리 월급으로 두 군데 살림하느라고 참 고생했습디다. 덕분에 나는 우리 애들 키우느라 혀가 쑥 빠져 달아나게 고생했어요. 우유배달도 모자라 길바닥에 철퍼덕 나앉아 채소 팔아 애들 키웠어요, 천벌 받아 죽은 망할 새끼."

박은 밤새 구시렁거리던 여자가 퇴원하고 난 다음, 냉큼 2번 병상을 차지했다. 동네에 자리한 의원이라서 입원하고 퇴원하는 환자가 많았다.

2인실에 입원해 있는 할머니가 309호실에 놀러 왔다. 늙어 쭈그렁 했지만, 얼굴은 순해 보였다. 목발에 의지한 할머니는 심하게 절뚝거렸다. 김이 할머니에게 말했다.

"2인실 305호 할머니네요. 넘어지셨다면서요? 좀 괜찮아졌어요?"

김의 말이 끝나자마자 할머니가 입원한 사연을 줄줄이 늘어놓기 시작했다.

"글씨 말여, 대상포진에 걸렸는데, 하필이면 귀 뒤에서부터 정수리까지 벌겋게 포도송이 같은 게 보송보송 솟아났는데 말여, 처음엔 몰랐어. 하도 아파서 병원에 왔는데 그냥 두면 죽는다고들 혀서 입원해서 치료를 받았지. 죽기 살기로 병원에 다니다가 그만 넘어졌어. 그니까 대상포진 걸려서 죽는다는 말에 신경 쓰다가 발밑에 있는 돌부리를 못 본 거지. 정강이가 찢어졌는데 의사가 꿰매고는 이렇게 칭칭 동여맸어."

겉보기에는 상노인이었다. 얼굴은 쪼글쪼글하고 몸도 겨우 서 있었다. 늙어 짜부라질 대로 짜부라진 노인처럼 보이는데, 말솜씨가 제법이었다. 어딘지 당차고 똑똑한 구석이 있었다.

김이 다시 말했다.

아버지의 땅

"305호에 같이 있던 분 어제 퇴원하던데요. 할머니 혼자 있으려니 외롭지 않으세요? 이쪽 방으로 오고 싶지요?"

"글씨말여, 그러고는 싶은데말여. 같이 있던 할마시가 나가고 난 다음부터 밤이 좀 무섭긴 혀. 덜컥 문이 열리고 시커먼 게 불쑥 들어올 것만 같아서말여."

김을 바라보면서 말하는 할머니의 눈꼬리에 웃음 같은 게 살짝 걸려있었다. 김이 아주 싹싹한 말투로 할머니의 말을 받았다.

"할머니, 이따 간호사한테 말해요. 혼자 있으려니 무섭다고요. 아마도 방 바꿔줄 거여요. 2인실은 비싸기도 하잖아요."

"세 밤만 자면 퇴원인데? 그러고 우리 아들이 2인실에 있으라고 했는데? 물어봐야 하나?"

할머니가 고개를 주억거리자, 김이 또 선선히 말했다.

"물어보셔요. 사흘이라도 여기서 같이 지내면 좋잖아요."

"아녀, 물어보나마나 내 맘대로 하는 게지."

엉뚱한 할머니였다. 아들한테 물어본다고 했다가, 마음대로 하겠노라 말했다. 박은 김과 노인의 수작을 찬찬히 뜯어보면서 어림해보았다. 고집과 아집이 센, 만만치 않은 노인이 분명했다.

김이 또 물었다.

"할머니, 올해 연세가 어떻게 되세요?"

"나? 여든다섯."

"어머나? 그렇게는 안 보여요."

김의 대꾸에 박이 히쭉 웃었다. 뭐라고? 구십은 돼
보이는데? 김이순, 저 여자, 순 간살쟁이잖아. 산악회
회장이라면서? 회원으로 받아들이기엔 많이 늙었는
데, 박은 저도 모르게 실쭉 웃었다. 김이 박을 희뜩 쳐
다보았다. 눈치챘을까? 저 눈치쟁이, 박은 얼른 시선
을 창밖으로 돌리고서 딴청을 피웠다.

오후에 할머니가 자그마하고, 빨간 소지품 가방을 들
고 이사 왔다. 간호사가 4번 병상에 새 침대보를 깔았
다. 베개와 이불도 새것으로 바꿨다. 남은 짐도 챙겨왔
다. 깔끔하게 이사를 끝내고 4번 병상을 차지한 할머
니가 흡족한 듯, 히죽 웃었다. 박은 할머니의 히죽거림
이 꺼림칙했다.

저녁밥을 실은 끌차가 3층 엘리베이터 앞에 서는 소
리가 들렸다. 정확하게 오후 6시였다. 밖은 아직 대낮
같이 밝지만, 어기는 법이 없었다. 김이 발딱 일어나
문을 열고 나갔다. 박도 엉거주춤 뒤따라 나갔다. 그사
이 김은 3층으로 쌓인 배식판을 들고 병실로 들어오고

있었다. 박은 김이 들고 온 배식 판에서 맨 위의 것을 할머니의 병상 식탁에 놓았다. 할머니는 벌써부터 식탁을 펴놓고, 식판을 기다리고 있었다. 김과 박이 배식 판 하나씩을 각자의 병상 식탁에 놓고 앉았을 때 방문이 열렸다. 청소아주머니가 들어섰다. 비어 있는 3번 병상에 벌렁 드러누운 아주머니가 크게 말했다.

"아이고, 힘들어 죽겠네. 부엌은 아주 찜통이야. 여긴 천국이네."

김이 아주머니의 말을 받았다.

"언니, 무지 덥지? 좀 쉬어. 언니가 준 고추장 다 먹었어. 맛나던데, 또 있어?"

청소아주머니가 누운 채로 크게 말했다.

"그 고추장 여기 주방 거 아니야. 내가 집에서 가져왔어. 시누이 솜씨야."

아주머니의 목소리가 병실 안을 가득 채웠다. 목청이 좋은 아주머니였다.

김이 다시 말했다.

"언니, 좀 더 가져와 봐. 상추 쌈 싸 먹게. 좀아까 요 앞 재래시장에서 포기상추 사 왔단 말이지."

"상추는 쌈장으로 싸 먹어야지, 웬 고추장 타령이야?"

"나는 쌈장보다 고추장이 더 좋단 말이야. 언니, 내

일 가져올 거지?"

"그려. 시뻘건 게 뭐가 좋다고? 참 극성이다. 옛날에
는 여자들 고추장도 못 먹게 했는데 말이지."

김은 넉살이 좋았다. 자기보다 나이가 많아 보이면
대놓고 언니라고 불러댔다. 사근사근 굴어서 상대방의
혼을 쏙 빼놓았다. 김과 말을 주고받는 사람들은 곧잘
이 여자는 나를 좋아하는 게 분명하다고 생각하게 만
드는, 그런 이상하고 기묘한 재주가 있었다. 어쨌거나,
김과 대화를 나누는 상대방은 곧잘 묘한 착각에 빠져
들었다. 박의 눈에는 김의 재주가 참으로 신통방통해
보였다. 갈비뼈에 금이 가서 입원했다는 김은 대중목
욕탕에서 미끄러지는 통에 다쳤다고 했다. 엑스레이
사진으로도 금이 간 갈비뼈 두 대가 확연히 보인다고
했다. 입원비 치료비 등이 보험으로 모두 나오니, 걱정
없다고 깔깔거렸다.

박이 입원하던 첫날부터 김은 대뜸 반말부터 했다.
아무리 그래도 그렇지 처음 만난 사람에게 반말이라
니? 박은 솔직히 놀랐다. 툭, 쏘는 듯 대답했다.

"집에서 세는 나이는 쉰다섯이지만 호적으로는 아직
생일이 지나지 않았어요. 왜요?"

"나보다 한 살 많네, 뭐. 말 놓자고."

그때 낄낄 웃는 김을 보고, 박은 생각했다, 뭐 이런

여자가 다 있어?

반찬으로 나온 오이를 오독오독 씹어대면서 김이 자랑했다.

"선거철만 되면 후보들이 나를 서로 데려가려고 난리야. 이번 6·1지방선거 운동에 얼굴만 보였더라도 이백만 원쯤은 충분히 받아 챙겼을 텐데. 하필이면 그때 코로나에 걸려서 격리 중이었거든. 코로나코로나 떠들어도 남의 일인 줄 알았는데 정말 속상하데."

청소아주머니는 출근하자마자 고추장이 가득 들어있는, 도시락만큼 큰 반찬통을 가지고 왔다. 일찌감치 상추를 씻어 둔 김은 아침 식판을 돌리자마자 병상을 돌며 상추를 한 주먹씩 안겼다. 고추장도 한 숟갈씩 반찬 뚜껑에 덜어주었다. 상추는 싱싱했다. 아침밥 먹는 내내 아삭아삭 소리가 병실을 가득 채웠다. 4번 병상 할머니가 상추쌈을 다 먹고 난 다음 말했다.

"맛나다. 내가 상추 귀신이거든."

tv를 켜고 연속극을 시청했다. 이제 슬슬 잠자리에 들 시간이다. 갑자기 할머니가 병상에서 내려와 방바닥 한가운데 우뚝 서더니, 병상에 걸터앉거나 누워있는 환자들을 한 사람 한 사람 쓰윽 훑어보았다. 모두 병상에 누워서 할머니를 멀뚱멀뚱 바라보았다. 바로 그때 할머니가 난데없이 이야기를 술술 풀어놓기 시작했다.

"너거들, 모두 내 일생 이야기 들어봐라. 길게 하면 재미없다고 욕할 테니 아주 간단하게 얘기해 줄게. 흉악한 왜놈들로부터 해방되었던 해가 내 나이 7살 때였는데, 그해 어머니가 돌아가셨다. 아버지는 바로 새장가를 들었어. 머슴 두고 살만큼 살림이 넉넉한 편이었지만 새엄마와 아버지는 나를 학교에 보내주지 않았다. 나는 동무들 꽁무니를 쫓아다니면서 글을 배웠다. 그다음, 내 나이 스무 살 때 이모부가 남 주기 아까운 청년이 있다면서 중매를 섰다. 신랑 될 청년이 마음에 들어서 결혼했다. 남편은 군인이었다. 나는 남편이 제대할 때까지 찢어지게 가난한 시댁에서 시집살이했다. 남편은 키 크고 성격이 화통하고 무슨 일이든지 척척 잘했다. 그런데, 내 나이 서른일곱 살 때 남편이 암으로 죽었다. 열세 살, 열 살, 여덟 살 세 아이를 혼자 키우면서 살았는데 어떤 날은 사는 게 하도 퍽퍽하여 마대 종이를 펴 놓고 내 살아가는 사연을 썼다가 이튿날 아침에 불쏘시개로 태웠다. 그렇게 모질게 살았다. 마지막 소원은 죽어 저승 가서 아버지 만나면 꼭 물어볼 말이 있다. 왜 날 학교에도 보내주지 않고 막 부려먹었는지 말이야."

할머니는 아주 잽싸게 이야기를 끝냈다. 이야기하려

고 몇십 번쯤 연습한 사람 같았다. 많은 연습 끝에 웅변대회를 무사히 마친 초등학생처럼 으스대는 듯이 보이기도 했다. 그렇게 할머니는 자신이 살아온 이야기를 깔끔하게 해치웠다.

병상 위의 환자들은 조금 놀란 듯이 할머니를 멀뚱멀뚱 바라보다가 불을 끄고 잠을 청했다. 그 누구도 아무런 말을 하지 않았다. 박도 잠자리에 들었다.

날이 새고 아침밥을 먹을 때까지도 할머니의 이야기를 아무도 입에 올리지 않았다.

점심때가 지나자마자, 간호사가 회색과 검정이 격자로 새겨진 침대보를 가지고 와서 3번 병상에 씌웠다. 회색 지지미이불과 베개도 침대 위에 놓았다. 새 환자가 들어올 조짐이었다. 이윽고 휠체어 끄는 소리가 들렸다. 간호사 둘이 한꺼번에 들어왔다. 다리를 다친 환자가 아니었다. 오른팔 팔꿈치부터 손바닥까지 붕대가 칭칭 감겨 있었다. 검지 중지 약지 손가락만 붕대에 감겨 있지 않았다. 붕대가 감긴 어디쯤 뼈마디가 부러졌던지 금이 간 모양이라고 박은 생각했다. 다리를 다친 환자가 아닌데도 휠체어에 태워 오는 것은 치료받느라 고생한 환자를 배려했기 때문일 수도 있었다. 정작 휠체어를 밀고 있는 사람은 간호사가 아니었고 정정한 청년이었다. 쉰이 넘은 듯이 보이는 남자도 뒤따라 들어왔다. 주고받는 말 품새로 보아 아들과 남편인 듯했다. 환자가 병상에 눕자 간호사가 링거를 왼팔에 놓았다. 작은 병 속의 노란 액체도 같이 들어가도록 링거줄에 연결했다. 남편과 아들은 환자 옆에서 한동안 수런수런 이야기하다가, 또 조금 서성대다가 집으로 돌아갔다. 김은 3번 병상 곁에서 링거 속 액체들이 몸속으로 잘 들어가고 있는지 지켜보다가, 알은체했다.

"요 노란 것은 영양제인데 육만 원이고, 요 말간 것은 그냥 포도당이라 얼마 안 해요. 노란 거 다 맞고 나면 우유 색깔 요것을 맞는데, 이게 비싸요. 십만 원이 넘어요."

3번 병상 환자가 말했다.

"그걸 어떻게 다 알아요?"

김이 말했다.

"꼬치꼬치 물어봤어요. 내 돈 내고 맞는 건데 알고 맞아야죠. 근데 언니는 어디 살아요?"

3번 병상 환자가 대답했다.

"요 앞 H아파트에 살아요. 105동에요."

김이 병상 4번, 2번을 가리키며 호들갑스럽게 말했다.

"어머, 우리 앞 동이네요. 저 언니는 102동에 살고요, 이 할머니는 106동이고 나는 107동에 살아요. 또 여기 청소언니는 101동이고요, 식당 언니는 105동에 살아요."

3번 병상 환자가 말했다.

"식당 사장님은 알아요. 우리 라인이에요."

김이 말했다.

"H아파트 단합대회 해도 되겠어요."

3번 환자가 말했다.

"집과 가까우면 여러 가지 편하잖아요."

김이 말했다.

"그럼요. 언니는 올해 몇이셔요?"

3번 병상 환자가 김을 쓰윽 훑어보고는 말했다.

"올해 쉰여덟이에요."

"아휴, 언니 그렇게 안 보여요. 저하고 한두 살쯤 차이 나는 줄 알았어요. 할머니는 85세 시고, 2번 언니는 51세, 저는 쉰이에요. 아드님하고 아저씨이지요?"

"예, 아들만 둘인데, 작은 애여요. 큰애는 울산에 있어요."

"아 그렇구나. 그런데 어쩌다 어디를 다친 거여요?"

3번 병상 환자가 말했다. 말하는 품이 조금 힘들어보였다.

"손목뼈가 부러졌대요. 재래시장으로 가는 돌다리 있잖아요. 거기에서 미끄러졌어요. 돌다리 사이를 쇠로 만든 그물망으로 연결하여 자전거나 끌차가 다니게 끔 만든 돌다리요. 그물망에 발을 딛자마자 미끄러져서 손목이 돌에 세게 부딪쳤는데, 엄청 아프더라고요. 금방 퉁퉁 부어올랐어요. 엑스레이 사진에서도 부러진 부분이 선명하게 보여요."

그때 4번 병상에서 죽은 듯이 자고 있던 할머니가 불쑥 말했다. 목소리에 짜증이 묻어있었다.

"거참, 아픈 사람 고만 좀 괴롭혀."

김이 조금 놀란 듯 할머니를 바라보았다. 그것도 잠깐 멈칫하는 듯하더니, 개의치 않고 말을 이어나갔다.

"저 할머니는 넘어지면서 정강이 쪽에 살이 찢어졌고, 이쪽 언니는 교통사고 골병든 환자고요, 저는 목욕탕에서 넘어져서 갈비뼈에 금이 갔어요."

3번 병상 환자가 말했다.

"아, 예, 예, 모두들 참 고생 많으셨네요."

"아파트 후문에서 언니 몇 번 봤어요. 아래위 회색빛 옷 입고 배낭 메고 512번 버스 타는 것도요."

김의 말에 3번 병상 환자가 대답했다.

"512번 버스 타고 가다 산 밑 삼거리에서 내리면 절에서 차가 와요. 예전에는 집에서부터 절까지 곧잘 걸어 다니기도 했는데 이제는 차 타고 다녀요."

"몇 번 가봤어요. 경치가 좋아요. 아침 일찍 절에서

내려다보면 산 아래 동네와 강 건너 동네가 운무에 싸여 있을 때가 있더라고요. 잘 보이지 않으니 신비롭게 보였어요."

"그럴 때가 가끔 있지요. 절 마당에서 건넛산을 바라보면 꼭 사자가 편안하게 쉬고 있는 듯이 보여요. 내려다보면, 동네 풍경도 아기자기하고요."

김과 3번 병상 환자는 한동안 더 산이 어떠니 예전에는 산에 물이 흐르는 동굴이 있었고, 조각배를 타고 놀았다는 등의 말을 주거니 받거니 했다.

문득 할머니가 중얼, 중얼거리면서 일어나 앉았다. 서늘한 눈매로 김을 바라보았다. 흡사 아이들 눈길 싸움 하듯이 꼼짝 않고 김을 주시했다. 김도 조금 놀란 듯 할머니를 마주 바라보더니 더이상 말하지 않았다. 갑자기 병실의 공기가 무거워지면서 묘한 침묵이 흘렀다. 병실 가운데 무안한 듯 서 있던 김이 문을 열고 병실을 나갔다. 문 닫는 소리가 평소보다 조금 크게 들렸다. 주위가 조용하다 보니 크게 들렸을 수도 있었다. 아니면 김이 조금 세게 닫았을 수도.

갑자기 할머니가 큰소리로 말했다.

"저, 저, 예의 없는 것 같으니라고. 도대체 버르장머리가 없어."

할머니의 목소리는 쇠못처럼 단단했다. 박은, 뭣 때

문인지는 몰라도 할머니가 김을 못마땅하게 여기고 있다는 생각이 들었다.

병실을 나갔던 김이 한참 만에 돌아왔다. 세 사람이 뒤따라 들어왔다. 김의 친구들인 듯했다. 김은 친구들이 사 온 음료수를 각 병상마다 돌렸다. 김이 1번 병상 둘레에 쭉 늘어선 친구들과 온갖 이야기를 해대며 킥킥댔다.

4번 병상에서 죽은 듯이 잠자고 있던 할머니가 벌떡 일어나 앉았다. 1번 병상 주위를 휘둘러 보던 할머니가 김을 노려보면서 말했다.

"세냈어?"

놀란 김이 물었다.

"어머나, 할머니, 왜 그러셔요?"

"왜 그러냐고? 혼자 쓰는 병실도 아니건만, 대놓고 떠들어도 돼? 여자는 자고로 조곤조곤 말하는 게 보기 좋아."

"어머머, 할머니 진짜 웃기신다. 지금은 조선 시대가 아니라고요."

"저 따박따박 대드는 꼬라지 좀 보라지."

김의 친구들이 일어나 슬그머니 병실을 나가자, 김도 따라 나가면서 문을 꽝 닫았다. 할머니가 혀를 차면서 말했다.

"하여튼 요즘 것들은 어른 알기를 개똥으로 알아. 저 꼴 보기 싫어서라도 얼른 죽어야지."

창 너머, 쨍쨍하던 바깥이 갑자기 어두워지고 있었다. 건너 산자락에 쏟아지고 있는 빗줄기가 어렴풋이 보였다. 짙은 안개가 깔리고 있는 것처럼, 뿌옇게 점점이, 재빠르게 다가온 빗줄기가 후드득, 창을 때리며 쏟아졌다. 제법 한참 동안 쏴쏴 내리던 빗줄기가 거짓말처럼 뚝 끊어지더니 햇빛이 쨍쨍했다. 언제 그랬냐는 듯 하늘까지 파랬다. 지나가는 소나기였다.

비어 있던 5번 병상이 새 주인을 맞이했다.

여느 때처럼 먼저 간호사가 침대보와 이불과 베개를 가지고 307호 병실 문을 열고 들어왔다. 곧이어 30대쯤으로 보이는 남자와 60대로 보이는 남자가 들어왔다. 링거와 영양주사를 준비해놓고 기다리는 간호사에게 젊은 남자가 말했다. 어머니는 물리치료를 끝내고 오실 거라고. 시간이 조금 지나자 몸피가 호리호리한 여자가 들어오는데, 가슴에 복대를 두르고 있었다. 갈비뼈나 척추에 문제가 있는 듯했다. 간호사가 링거를 주사하고 5번 병상에 둘러 서 있던 환자 가족들이 집으로 돌아갔다.

박은 물리치료를 마치고 병실 안으로 들어섰다. 오후의 환한 햇볕이 서쪽 창을 통해서 병실 안으로 깊숙이 비켜 들고 있었다. 환자들이 낮잠에 빠져들었는지 병실에는 고즈넉한 적막이 흐르고 있었다. 박이 방바닥에 올라섰을 때, 할머니의 목소리가 들렸다.

"어디 다쳐서 들어온 겨?"

할머니의 눈이 5번 병상을 향해 있었다. 누워있던 호리호리한 환자가 몸을 일으켜 앉았다. 뜨악한 눈으로 할머니를 주시하더니 대답했다.

"갈비뼈를 다쳤어요. 두 개가 부러졌어요."

할머니가 다시 물었다

"어쩌다?"

"사다리에서 떨어졌어요. 베란다 전구 갈다가요."

할머니가 혀를 차며 말했다.

"그런 건 서방한테 시키지, 뭐 할라꼬 혼자 갈다가 넘어지고 그러누?"

김이 부스스 일어나더니 할머니와 3번 병상을 번갈아 바라보고는, 문을 열고나갔다. 할머니가 쩔뚝쩔뚝 5번 병상에 다가서더니 또다시 물었다.

"사는 집은 어딘겨?"

5번 병상이 H아파트 쪽을 가리키며 말했다.

"요기 아파트요."

"죄다 저기 살아."

할머니가 박을 쳐다보더니, 컵을 쑥 내밀면서 말했

다.

"따뜻한 물 한 컵 갖다 줘봐."

박은 말 없이 할머니의 컵을 받았다. 할머니의 행동이 어쩐지 김을 쏙 빼닮아가고 있었다. 판이 바뀌고 있을지도 모른다는 생각에 박은 피식 웃음이 났다. 이대로라면 머지않아 할머니가 김을 밀어내고 병실의 소소한 주도권을 꿰찰 듯했다.

김이 들어왔다. 김이 여닫는 문소리가 평소보다 조금 컸다.

할머니가 김을 향해 말했다.

"조심히 닫아. 경기 들겠다."

김은 할머니를 똑바로 바라보면서 말했다.

"무슨 문소리가 크다고 그래요?"

"꼭 천둥소리 같다."

"평소대로 닫았는데요?"

"하여튼 젊은 것들은 예의도 없고 잘잘못도 몰라."

김은 무슨 말인가를 하려는 듯하더니, 아무 말 않고 1번 병상 위에 올라가 벌렁 드러누웠다. 5번 병상 환자의 신상을 캘 기회를 놓쳐서일까? 김의 심사도 단단히 틀어진 듯했다. 할머니는 계속해서 5번 병상 환자와 주거니 받거니 말을 이어가고 있었다. 할머니와 5번 병상 환자의 웃음소리가 간간히 들려오기도 했다. 한

동안 두 사람이 나누는 말소리만 병실에 가득할 뿐 다른 소리는 없었다.

저녁에 3번 병상 환자의 아들이 찾아왔다. 경찰인데 출근길에 들렀다고 했다. 야간 근무 서는 날이어서 어머니가 보고 싶어서 왔다고 했다. 붕대 감은 팔을 치켜들고 아들과 나간 3번 병상 환자는 병실로 돌아오지 않았다. 밤 10시 야간당직을 서는 간호사가 점검을 왔다. 할머니가 3번 병상 환자 외출했느냐 물었다. 간호사는 그 환자분 집에 갔다면서 자고 올 거라는 말을 덧붙였다. 할머니가 구시렁거렸다.

"인사도 않고 간 겨?"

묘한 인기척에 박은 눈을 떴다. 시꺼먼 물체가 방 가운데에서 이리저리 움직이고 있었다. 병실 안에 불빛은 없지만, 밖에서 들어온 빛 때문에 병실 안은 어둡지 않았다. 창밖 가로등의 희뿌연 불빛과 바로 옆 교회 십자가에서 내뿜는 붉은 빛이 주위를 분홍빛으로 물들이고 있었다. 박은 누운 채로 이리저리 움직이는 물체를 주시했다. 할머니였다. 할머니가 꿈지럭거리면서 방바닥을 닦고 있었다. 오밤중에 뭔 청소를? 박은 꼼짝 않고 할머니를 지켜보았다. 오줌 냄새가 났다. 방바닥을 닦은 할머니가 냉장고를 열었다. 냉장고 불빛에 비친

아버지의 땅

방바닥은 채 닦아내지 못한 물기로 번들번들했다.

할머니가 두유 하나를 꺼냈다. 그때 벌떡 일어난 김이 불을 켰다. 김은 곧바로 실내전화기의 송수화기를 집어 들었다. 꾹꾹, 번호를 눌러댔다.

"여기 309호인데 환자복 한 벌 주세요. 할머니가 실례를 했는데, 옷을 갈아입어야 해요."

김이 방바닥에 떨어진 물기를 닦기 시작했다. 물기는 4번 병상에서 출입문까지 길게 늘어져서 번들거렸다. 할머니는 두유를 들고서 아무 말 않고 4번 병상에 걸터앉았다. 김이 할머니를 째려보았다. 휴지를 풀어 물기를 대충 닦은 김이 밖으로 나가더니 젖은 걸레를 가지고 왔다. 김이 걸레로 방바닥을 쓱싹쓱싹 닦았을 때 당직 간호사가 새 환자복을 가지고 왔다. 보통 사람보다 많이 뚱뚱한 간호사의 얼굴에 땀이 송글송글 맺혀 있었다. 급하게 달려온 듯했다.

할머니가 당직 간호사의 도움으로 바지 앞쪽과 궁둥이 부분, 웃옷의 앞부분이 펑펑 젖은 옷을 벗어던지고, 새 환자복으로 갈아입었다. 할머니가 4번 병상에 엉덩이를 걸쳤다. 김이 할머니를 보고 질급했다. 빽 소리를 질렀다.

"앉지 마세요."

놀란 할머니가 다급하게 엉덩이를 치켜들었다. 엉거

주춤 서서 멀뚱멀뚱 김을 바라보았다.

할머니에게서 눈을 땐 김이 당직 간호사를 바라보면서 눈을 찡긋거렸다. 그다음 실실 웃으면서 말했다.

"침대보도 새것으로 갈아주세요. 거기에도 오줌 범벅이에요."

뚱뚱한 당직 간호사가 고개를 돌리고, 김을 외면했다.

간호사가 아예 침대보, 지지미 홑이불, 베개 일습을 가져왔다. 김이 간호사를 도와 침대보를 새것으로 갈아 끼웠다. 그동안, 할머니는 간호사 곁에서 뻘쭘하게 서서 새 침대보가 깔리기를 기다렸다. 일사천리로 끝났다. 간호사가 할머니를 바라보면서 상냥한 목소리로 말했다.

"할머니, 이제 다 끝났어요. 걱정하지 않으셔도 되니까, 편히 주무셔요."

간호사가 당직실로 가 버린 다음, 놀라서 일어난 환자들도 모두 자신들의 병상으로 돌아갔다. 다시 잠을 청했다. 할머니도 4번 병상으로 들어가서 누웠다.

뜨거운 차 한 잔 마실 만한 시간이 흘렀다. 환자들은 안락한 병상에서 잠이 들었다. 모두 고른 숨소리를 내고 있었다. 박은 쉬 잠들지 못했다. 어머니가 마지막으로 입원해 있던 중환자실이 자꾸만 눈앞에 어른거려서였다. 그곳에서는 생의 마지막 숨이 사위어 가곤 했는데, 지금 여기는 사람들의 적나라한 감정들이 숨을 쉬고 있었다. 박은 슬며시 웃었다.

쩝끄르르륵 쩝끄르르륵, 창 바깥에서 귀뚜리가 울었다. 혹시 하늘귀뚜리 아닐까? 그때 4번 병상이 꿈틀, 꿈틀거렸다. 부스스 할머니가 몸을 일으켰다. 한동안 우두커니 앉아있었다. 홀로, 어둠 속에 앉아있던 할머니가 중얼거렸다.

"…씹덩어리들쩝끄르르륵…씹덩어리들쩝끄르르륵……."

귀뚜리 울음과 아우러진 묘한 소리가 한동안 병실 안을 스스스, 꿈결처럼 떠돌았다. ✱

발 아래 모래

파란색 철망이 돌다리 앞을 가로막고 서 있었다. 철망 한가운데는 노란 바탕에 붉은 글씨 경고문이 붙었다.

'인명피해발생지역!'

'출입엄금!'

나는 철망 앞에 우두망찰로 서서, 경고문을 한동안 바라보았다. 철망 뒤 강에는 맑은 물이 한가득 흘러가고 있었다. 강은 도심을 가로지르면서 흘렀다. 평소에는 오그라들어 기를 펴지 못하던 강이었다. 그 꾀죄죄하고 궁핍해 보이던 강이 도도한 물결로 굽이치면서 제법 강 같은 위세를 떨치고 있었다.

강 건너 재래시장으로 양파와 감자를 사러 나온 참이다.

엿새 동안의 짧지도 길지도 않았던 여정이었다. 해마다 이때쯤이면 더욱더 미친년이 되어서 여기저기 쏘다니지 않고는 숨조차 제대로 쉴 수 없었기에 떠났던 여행이었고, 막 돌아온 터였다. 몸은 말할 수 없이 노곤했지만, 마음은 까닭 모를 편안함과 비약 같은 안락함을 동반하고 있었고, 여전히 불쾌하고 불안했다. 나는 안락하거나 편안해서는 안 되는 거였다. 짐을 푼 다음 먼저 쿰쿰하게 찌들은 옷가지들을 세탁기에 넣었다. 세탁기가 빨래하는 동안 여행 중에 틈틈이 읽다 만 책을 꺼냈다. 책갈피에 들어있던 기영이 사진이 툭 떨어졌다. 기영은 브이 글자로 펼친 손가락을 눈 옆에 대고 해맑게 웃고 있었다.

미치려거든 곱게 미쳐라. 남의 애를 왜 끌어안고 난리부르스냐? 너, 유괴범 맞지?

모래가 잔뜩 묻은 수영복 차림의 여자가 달려오더니, 나의 뺨을 때렸다. 그러고도 분이 풀리지 않았는지 더욱 얼굴이 불콰해져서 나를 밀쳤다. 유괴범 소리를 몇 번이나 더 내뱉고 아이를 안고 사라졌다. 고약한 여자였다. 주위에 둘러선 사람들은 진짜 유괴범을 바라보듯이 나를 쳐다보고 있었다. 나는 다만 기영을 닮은 아이를 껴안았을 뿐이고, 편의점으로 데려가서 아이스크림을 사 주려고 했을 뿐이었는데 말이다. 아이와 여자가 사라진 다음에야 왼발이 이상하게 끈적거린다는 걸 알았다. 발을 내려다보았다. 왼발이 피투성이었다. 여자가 밀쳤을 때 맨발이었고, 유리 조각을 밟았던 모양이었다. 철퍼덕 주저앉아서 발바닥에 박힌 유리 조각을 빼냈을 때, 피는 사정없이 더욱 흘렀다. 손수건으로 발을 동여매면서도 아픈지 서러운지 아무 느낌이 없었다. 그냥 좀 멍했는데, 그때 왜인지 모르지만 어린왕자의 발가락을 물었다는 그 노란 뱀을 문득 떠올렸던 것은 분명히 기억한다.

그때 맞은 뺨이 아직도 얼얼했다. 마음을 달래려고 접힌 책갈피를 폈다. 라끼찐이 알료사를 데리고 그루센까의 집을 찾아간다. 알료사를 본 그루센까가 들떠서 반색한다. 다음 글이 눈에 잘 들어오지 않았다.

저녁으로 자장밥을 만들려고 했다. 양파가 썩어있었다. 종이상자에 담아서 뒤쪽 베란다 창가에 두었던 양파였다. 빗물이 튕겨 들었을까? 모르겠다. 양파나 파 같은 건 물기 없어도 곧잘 썩고 말라비틀어지기도 하니까. 우람한 싹이 뾰족뾰족 만발한 감자는 껍질마저 녹색으로 변해있었다. 햇빛 때문일까? 그것도 모르겠다. 버려야겠다. 먹을 수 있는 음식을 버리면 벌을 받는다고? 죽으면 벌레가 된다고? 누가 그래? 아주 옛날에 죽어 귀신이 된 할머닌가? 어머닌가? 나는 그들에게 강변한다. 양파가 썩어버린 건 나의 탓이 아니란 말이지. 양파가 썩고 있을 그때 나는 현장에 없었으니 나의 잘못일 턱이 없다고. 범인은 빗물이나 햇빛이거든. 그래도 뭐, 그게 뭐 어쨌다고? 건사를 잘못한 책임이 나에게 있다고? 웃기네. 누가 그래? 할머니? 아니면 어머니?

　나는 나의 두 눈으로 현장 확인이 불가능한 것들은 모른다거나, 아직 실행되지 않았다고 단정한다. 앞뒤가 꼭 맞아떨어지는 것마저도 모르는 일이라고, 떼쓰는 아이처럼 우긴다. 어떤 때는 시간을 거슬러 오르기도 한다. 이미 일어난 일도 아직 일어나지도 않았다고 치부해버리는 묘한 습성마저도 나에게는 별다른 문제가 되지 않는다. 언제부터 그랬을까? 기영이를 놓쳐버렸던 그 순간부터였지 않을까? 어쨌거나 시간 따위는 내게 있어선 아무런 의미가 없었다. 나에게 시간이란 앞뒤 상관없이 항상 뒤죽박죽 뒤섞여 있었기에 미지수처럼 존재할 뿐이다.

　썩은 양파를 음식물 수거함에 넣었다. 냄새가 고약했다. 싹이 나고 녹색 껍질을 뒤집어쓴 푸른 감자를 음식물쓰레기통에 넣으려다가 문득, 멈췄다.

　감자에게 물었다.

　"파란색 독이 가득 찬 모래알 같은 감자, 너를 먹으

면 너는 나의 몸속 적혈구를 파괴하고 빈혈을 일으켜서, 나의 몸속으로 유입되는 산소를 막아 나의 전신을 마비시킨다며? 그렇게 사람의 목숨 따위를 쉽게 끊어 놓을 수 있다며? 얼마나 먹으면 그렇게 되는지 말해. 한 개? 두 개? 세 개? 아니면 다섯 개? 너와 나를 떼 놓았던 그 모래 알갱이 같은 독성이 시간을 거슬러 너와 나를 만나게끔 다리가 되어줄까? 얼마를 기다리면 나는 모래가 되어 너를 다시 만날 수 있을까?"

감자가 뾰족하고 험상궂은 새싹으로 나의 손바닥을 마구 찔러댔다.

감자는 다섯 개다. 독이 더 필요해. 투명비닐에 감자를 담는다. 볕 바른 창가에 얹어둔다. 녹색 독은 더욱 깊어질 것이다. 갑자기 감자가 거룩해 보였다. 하얀 속살로 사람을 살리고 푸른색 독으로 사람을 죽이는 감자, 삶과 죽음을 함께 지닌 감자에게 나는 경의를 표하고 싶어진다. 뭐 그렇다는 말이다.

덥다. 가만히 서 있어도 땀이 난다.

나는 '인명피해지역' 빨간 글씨를 노려보면서, 계속 우물쭈물한다. 멀리 있는 다리를 바라보았다. 한참 돌아가야 한다. 들어가지 말라는 경고쯤은 무시하고 그냥 건너갈까? 철망 옆으로는 한두 사람은 충분히 빠져나갈만한 틈이 나 있었다. 인기척이 들렸다. 고개를 들고 바라보니 강 건너편에서 여자 한 사람이 양산을 받쳐 들고 돌다리를 건너오고 있다. 건널 수 있는 다리였구나, 나도 얼른 철망 옆 틈새로 빠져나가 돌다리로 다가갔다. 강물은 넓적한 돌다리 위로 찰랑찰랑, 출렁출렁 크고 작은 소리를 내면서 쏴쏴 흘렀다. 돌다리에 한 발을 내딛었다. 곧바로 발목 위까지 물이 차올랐다. 금세 회색 양말이 물에 젖었다. 몸이 휘청, 한다. 겁이 더럭 나기도 했지만 나는, 나에게 속삭였다. 이런 것쯤은 아무것도 아니지 않아? 죽을 염려 같은 것은 접어둬. 계속 더듬더듬 앞으로 나아갔다. 반대편에서 돌다리를 건너오던 여자를 다리 중간쯤에서 만났다. 다행히 물은 발등을 덮을 정도로 줄어 있었다. 똑같은 돌다리인 줄로만 알고 있었는데, 돌다리에도 높낮이에 차이가 있었다. 이렇게, 나는 세상과 사물을 똑바로, 확실하게 인지하지 못하는 경우가 많았다. 그저 막연한 짐작만으로 더듬더듬 살아간다. 그래서 나는 때때로 좌절에 탐닉한다.

　종아리까지 내려오는 까만색 반바지와 붉고 노란 자잘한 꽃무늬가 새겨진 민소매 셔츠를 받쳐 입은 중년의 여자가 나를 보고 씨익, 웃었다. 왜인지는 모르겠지만, 그랬다. 혹여 나를 알고 있는 것인가? 그럴 리 없다. 나를 보고 웃었기 때문일까? 나는 뜬금없이 여자에게 물었다.

"여기서 인명사고가 있었다는데요, 아시는 게 있어요?"

웃음을 거둔 여자가 나를 빤히 쳐다본다. 뜨끔했다. 여자의 눈빛이 마치 그런 것도 모르고 있느냐? 되묻고 있는 듯했기 때문이다. 아니면 여자는 마음속으로 세상일에 그렇게 까막눈일 수가 있느냐? 관심 좀 가져라, 흉보는 중인지도 모르겠다. 입꼬리를 비쭉이 올려 붙이고 있는 걸 보면, 여자의 속내가 정말 그럴 수도 있겠다는 생각이 들었다.

지레 주눅이 든 나는 아, 어딜 좀 다녀오느라고요, 오늘 도착했거든요, 라고 대꾸하려다가 여자를 마주 바라보았다.

여자가 또다시 씨익, 웃었다. 웃음 때문에 나는 대꾸하려고 준비한 말을 내뱉지 못하고 머뭇거렸다. 여자가 먼지 입을 열었다.

"아이쿠, 모르고 있었나 보죠? 엊그제 사람이 둘이나 죽었잖아요."

"다치거나, 뭐, 그런 게 아니고요? 여기에서 진짜 사람이 죽었다고요? 어쩌다가요?"

"여기가 아니고 저 아래 서생교 지나서요, 탄천강과 만나기 직전에 강둑 쪽으로 툭 불거지면서 움푹 들어

아버지의 땅

간 곳 있잖아요. 거기에서요. 학생들이 물장난하다가 그랬대요. 고등학생 다섯이 함께 놀고 있었는데, 그중에 둘이 물살에 휩쓸렸다는데요. 집중폭우가 쏟아진 지 하루밖에 지나지 않았을 때였잖아요? 그땐 여기에도 누렇게, 물이 강둑 중간까지 차올랐지 않았어요? 못 봤어요?"

"그랬군요. 몰랐어요. 안타까운 일이네요. 아이들은 찾았어요?"

"한 아이는 찾았다고 해요, 다른 아이는 아직이래요."

"아이쿠야, 정말 큰일이군요."

여자가 다시 돌다리를 건너가기 시작했다. 돌다리 두 개를 건넌 여자가 문득 발걸음을 멈추고 뒤돌아서더니, 나를 본다. 나도 마주 바라보았다. 발목 위까지 찰랑찰랑 흐르는 물 위에 우뚝 서서, 여자가 말했다.

"도대체 애들이 조심성이 없어요. 왜 쓸잘머리 없이 나대다가 죽느냐 말이에요? 제 청춘도 아까운 일이지만, 왜? 부모 가슴에 대못을 박느냐고요, 그 부모들 남은 세월 어찌 살아가라고요? 아마도 사는 게, 사는 게 아닐 겁니다. 왜 사람들이 이렇게도 속절없이 죽고 또 죽을까요? 왜요? 누가 잘못했을까요? 아이 어른 안 가리고. 나라 전체에서 시도 때도 없이 장소 안 가리고

막 죽어나니까, 도망갈 곳도 없고요, 정말이지 살맛이 안 나요."

웅변을 듣고 있는 듯했다. 여자는 씩씩했다. 나는 여자가 용감하며 동시에 아름답다는 생각이 들었지만, 아무 말도 할 수 없었다. 여자의 뒷모습만 물끄러미 바라볼 뿐이었다. 허기야 여자의 말처럼 도처에 죽음이 난발하고 있기는 했다. 길 가다가 죽고, 놀다가 죽고, 운전하다 죽고, 차 타고 가다가 죽고, 물에 빠져 죽고, 불에 타 죽고, 죽고, 또 죽었다는 뉴스가 거리에 넘쳐 흘렀다.

발바닥이 벌에게 쏘인 듯, 따끔따끔했다. 상처가 덧나고 있었다.

여자가 돌다리를 위에 우뚝 서서 양산을 접었다. 두 팔을 비행기 날개처럼 펴더니, 비스듬하게 기우렸다. 몸의 균형을 잡으려는 걸까? 양쪽 팔을 어긋나게 내렸다가 올렸다가를 반복하면서 강물이 출렁출렁 찰랑찰랑 흐르는 돌다리 위로 조심스럽게 발을 떼 놓기를 거듭했다. 나는 여자의 뒷모습을 계속 지켜보았다. 무사히 돌다리를 다 건너간 여자가 조금 전 내가 빠져나온 파란색 철망 옆으로 접어들었다가 강 둔치로 올라섰다. 왜인지는 모르겠지만 여자가 강둑으로 올라서는 모습까지 지켜본 다음에야, 나는 돌다리를 건너기 시

아버지의 땅

작했다.

따끔거리던 발바닥이 강도를 높여서 뜨끔거렸다. 물 속에 있건만, 발바닥은 불에 덴 것처럼 확확 타오르면서 쓰라리고 아팠다.

강 둔치에는 폭우가 휩쓸고 지나간 흔적들이 여기저기 널려있었다. 산책로의 붉은색 보도블록은 군데군데 뜯겨나간 채 온갖 쓰레기와 뒤엉켜있었다. 오가는 사람들이 쉴 수 있게끔 보도블록 가장자리에 놓였던 의자마저도 퀭한 흔적만 남기고 사라졌다. 강가에 비스듬히 서 있는 나무의 중간쯤에는 비닐과 지푸라기들이 한 묶음 걸려있었다. 걸려있는 쓰레기들이 그곳까지 물이 차올랐음을 말해주고 있었다.

어수선하고 어지럽고 낯선 광경을 둘러보다가 나 자신도 모르는 사이에, 나는 슬금슬금 걷고 있었다. 지금까지 찾지 못했다는 그 아이는 찾았을까? 모르지, 어쩌면 찾아내어 부모의 품에 돌려주지 않았을까? 그것도 모르지. 제법 강 같은 강가를 한 걸음, 또 한 걸음씩 걸었다. 오로지 발바닥만이 세상을 알고 있다는 듯, 아니면 땅바닥이 없어지기라도 할까, 겁이 나서 흙아, 모래야, 잘 있는 거지? 묻는 것처럼 땅바닥을 꾹꾹 누르면서 두 줄기의 물이 만나는 하구 쪽으로 계속해서 걸어갔다. 물에 젖어 질척거리는 양말 때문에 발걸음이

술 취한 사람처럼 비틀어지고 있었다.

철렁철렁, 찰랑찰랑 강물 흐르는 소리가 귓속으로 쳐들어온다. 발걸음을 멈추고서 강물 속을 들여다보았다. 크고 작은 물고기들이 맑고 투명한 물속에서 이리저리 휩쓸리면서 쏘다니는 게 보였다. 저 물고기들은 폭우와 홍수 속에서 어떻게 견디고 살아남았을까? 죽거나 헤어진 부모 형제들은 없었을까? 있다면, 그들이 보고 싶어서, 살아남았다는 사실을 슬퍼하기도 했을까? 말도 안 되는, 이상한 상념에 사로잡힌 채 걸었다. 나에게 있어서 시간이란 항상 그랬다, 지금 저 강물처럼. 도심의 강마저도 나처럼 평소에는 온갖 것들에 찌들어 꾀죄죄하다가, 어떤 때는 폭우를 만나서 켜켜이 앉았던 때가 말끔하게 씻겨나가고 나면 강은 밑바닥을 훤히 다 내보이고 만다. 나 또한 그러한 순간이 있다. 평소에는 그럭저럭 견디다가 강물처럼 밀려오는 한기 때문에 십여 년의 시간을 거슬러 오른다. 그럴 때면 스스스, 발밑에서 모래가 순식간에 자취도 없이 사라진다. 그 순간이 재생된다. 그러면 나는 미친년이 되어서 마구잡이로 싸돌아다니지 않고는 견뎌낼 재간이, 아직도 나에겐 없다. 아니다. 나는 항상 그 밑바닥에 가라앉아 있었지만, 감히 그런 일이 있었다고 드러내지를 못하고 있었을 뿐이다. 이제는 그만둘 때도 되지 않느냐고 묻는 나 자신에게, 나는 가만가만 속삭인다. 그래, 잊을 수만 있다면. 견딜 수만 있다면, 잊고 살아가는 게 제일 좋은 방법이지.

네 개의 다리를 지나고 난 다음이라야 서생교에 도착할 수 있을 것이다. 나는 또 얼마의 시간을 헤맨 끝에 그곳에 닿을 수 있을까?

도도히 흐르는 강물, 저 아래 심연에도 모래가 쌓여 있을까? 아이들이 놀았다는, 두 강이 만나기 직전 움푹 들어간 그곳의 강바닥에 쌓여있는 것은 자갈일까? 모래일까?

걸음을 멈췄다. 발을 내려다보았다. 물에 젖은 회색 양말이 슬리퍼의 터진 구멍 사이로 삐죽이 삐어져 있었다. 삐죽삐죽 빠져나온 발가락이 손가락을 닮았다. 나는 나의 손가락 마디마디를 모두 알고 있다, 빌어먹을! 그런데도 나는 나에게 손가락의 틈새 사이로 한순간에 사라져서 없어진 세상 하나를, 그 하나의 세상을 기억하지 못한다고 매일같이 속삭였다. 나의 시야에서 사라진 세상 같은 건 없었다고. 다만 손가락 끝에 아직도 남아있는 감각만이 그 세상을 알고 있을지도 모른다고.

잠자리에 들면 천정 속 서까래가 무지막지한 손가락이 되어서 나를 억눌렀다. 캄캄한 오밤중에 옆자리를 더듬었을 때 비로소 옆이 비어있다는 것을 감지하고 멍하니 위를 올려다볼 때마다, 그랬다. 아니다, 손가락들은 마을 입구에 서 있는 600살 먹은 은행나무의 가지들을 닮았다. 아니다, 비자림에서 마주했던 엄마 나무가 닮았다. 엄마 나무는 자신의 손가락들을 활짝 펴서 줄기와 잎사귀를 이어주고 있었다. 행여 잎사귀 하나라도 놓칠세라 열 개도 더 되는 손가락 가지들을 활짝 펴서 이파리들을 받들고 있는 형상을 나는 잊지 못한다. 스스스, 이파리들을 흔들고 지나가던 바람 소리가 나의 발바닥 밑에서 스스스 사라지던 모래 소리를 닮아있었다. 수억 년의 시간을 거슬러 올라가서야 비로소 만날 수 있는 태고의 숲이었던 그곳은 삶과 죽음이 공존하는 시공간이었다. 엄마 나무와 그 새끼 나무들로 이루어진 숲이 주는 신비함이란 차라리 신령함이었다. 오래전, 태어난 순간부터 그곳에 뿌리박고, 헤아릴 수도 없는 자손들을 생산하고 퍼트리면서 묵묵히 한자리를 지키고 있었을, 엄마 나무와 아들딸, 손자 손녀 나무들 앞에서 나는 한참 동안을 떠나지 못하고 서성거렸다.

자신의 자리를 지켜낸다는 것은 쉬운 일이 아니다. 나는 내가 지켜야 할 나의 자리, 나의 아이를 지켜내지 못했다. 붙여진 이름이 다를 뿐이지, 나는 살인자가 분

아버지의 땅

명하다. 방어능력이 없는 아이가 그 어린 생명을 죽이지 않았던가? 이보다 더 큰 죄가 세상에 또 있을까?

지옥으로 달려간 천사가 노파에게 파 한 뿌리를 내밀면서 말했다.

"꼭 붙잡고 올라오시오."

노파는 얼씨구나! 살았다고 천국행 파를 붙잡았다. 천사가 파를 조심조심 잡아당겼고, 지옥 문턱까지 거의 다 올라왔을 때 노파는 아래를 내려다보았다. 다른 죄수들이 자신의 다리에 매달려서 올라오고 있었다. 노파가 죄수들을 걸어차면서 소리쳤다. "떨어져. 이건 내 파지, 너희들 파가 아니란 말이야!" 그 순간 파가 뚝 끊어졌고 노파는 다시 지옥 불에 떨어졌다.

이야기 끝에 그루셴까가 알료샤에게 말한다. 나는 착하지 않아요. 나는 심술궂은 노파에요. 나는, 책 속의 그루셴까를 불렀다. 갈등의 중심에 있는 오묘하기 짝이 없는 그루셴까 귀를 잡아당겨서 속삭였다.

"그루셴까, 당신의 죄는 나의 죄에 비교하면 아무것도 아니오. 지옥 불에 떨어진 심술궂은 그 노파는 바로 나란 말이오."

그루셴까가 크크 웃는다.

심술 사나운 노파를 지켜주던 수호천사가 왜 나에게는 없었던 것일까? 내가 심술보 노파보다 더 사악하여, 파 한 뿌리조차 적선한 일이 없었던 건 아닐까? 그리하여 나의 곁에 있다가 어느 순간 다른 사람에게로 옮겨갔을까? 애초부터 있지도 않았던 것일까? 아니면 우리의 수호천사는 그때 나와 아이를 내팽개치고 깜빡 잠이 들었던 건 아닐까? 그래서 나의 아들을 지켜주지 못했던 것일까? 그것도 아니라면 남들에게 다 있는 수호천사가 나에게는 아예 존재조차 하지 않았을지도 모른다.

다리 두 개를 지났다. 다리 위에서 사람들이 늘어서서 아래를 내려다보고 있었다. 사람들이 보고 있는 게 뭘까? 궁금했다. 사람들의 시선이 쏠리는 곳, 다리 밑으로 걸어갔다. 늙수그레한 남자 넷이 낚시를 하고 있었다. 그중의 한 사람의 낚싯줄에 어른 팔뚝보다도 더 큰, 붕어인지 잉어인지가 딸려 나오고 있었다. 낚싯줄이 휘청댔다. 웃음소리가 들렸다. 다리에 늘어선 사람들이 내려다보면서 크게 웃고 있었다.

강물 소리는 계속해서 철렁거렸다가 찰랑거렸다가 쏴쏴거렸다.

걸어갈수록 발바닥이 아팠다. 쓰라림이 심해졌다. 발을 내려다보았다. 샌들 사이로 회색 양말이 삐죽이 나와 있었다. 양말은 물때에 찌들어 거무죽죽하고 더럽다. 군데군데 핏물이 배여 있어서 불그스름했다. 본래

아버지의 땅

의 색깔이 회색이었다는 것을 알 수 있는 것은 양말목 부분뿐이었다. 길바닥에 철퍼덕 주저앉았다. 일 년 사시사철 한순간도 양말을 벗지 않았다. 맨발로 서 있거나, 맨발바닥이 땅에 닿으면, 발바닥 아래 땅이 모래로 변하여, 스스스 사라지는 환영에 시달리기 일쑤였다. 나는 나의 두 발이 무섭다.

한동안 발을 내려다보다가, 삐딱하게 틀어져 있는 양말을 벗겼다. 물에 불어난 발바닥은 허옇게 각질이 일어났고 군데군데 갈라져서 핏물이 비치고 있었다. 이치로 따진다면 감싸고, 감쌌으면 발바닥이 고아야 정상인데, 그렇지가 않았다. 발바닥은 날마다 맨발로 논밭에서 일하는 농부보다 더 험한 듯했다. 이상한 일이었다. 피부과에서는 습진이라고 했다. 발바닥에 생기는 습진도 있느냐고 물었다. 의사가 자신의 이마를 쓱쓱 문지르고 나더니, 말했다. 균이 장소 봐 가면서 사나요, 살아갈 환경조건만 맞으면 어디든지 장소 안 가리고 꽃처럼 피어나지요. 그 의사의 눈에는 병균마저도 꽃으로 보이는 걸까? 아니면 남들 다 아는 상식을 모르고 있다고 아무렇게나 갖다 붙여서 대충 말한 것일까? 하여튼 의사의 표현대로라면 나의 발바닥은 항상 꽃송이가 나풀나풀 피어있다는 꽃밭이 된다.

양말을 강물에 씻었다. 비누 없이 씻었기 때문일까,

핏물도 흙물도 그대로였다. 한 번 더 헹구어 물기를 꼭 짰다. 물기를 탈탈 털어서 다시 신으려고 젖은 양말에 발을 들이밀었다. 축축하고 찜찜했다. 차갑고, 이물스럽다. 발가락이 저절로 옴츠러든다. 아무리 여름이라지만 젖은 양말의 축축한 느낌이 나를 몸서리를 치게했다. 젖은 양말이 발에 잘 꿰어지지 않았다. 겨우 꿰고 양말목을 발목 위까지 잡아당겼다. 복숭아뼈를 감싸는 듯이 나 있는 피자두만한 반점에 눈이 멎는다. 번개같이 기영이 발이 떠올랐다. 기영이도 엄마의 발에난 반점과 같은 곳에 반점이 있었다. 모래 속에서 놓쳐버렸던 나의 아이 기영이. 지금도 나는 그 순간에서 단한 발자국도 내딛지 못한 채, 그 순간을 살고 있다. 그다음은 나는 모른다, 내가 어떻게 살고 있는지를.

다만 확실한 것은 지금, 이 순간도 나의 아이가, 어딘가에서, 나를, 기다리고 있다고 나는 믿고 있다. 이 믿음만이 나를 지켜주고 있을 뿐이다. 나는 나의 실수로 아이를 잃었지만, 나에게도 나를 지켜주는 수호천사하나쯤은 있을 듯했다.

까르르, 아이들이 웃고 있었다. 웃음소리가 들려오는곳으로 시선을 주었다. 아이들이 강둑 아래 비스듬히박혀있는 초록색 긴 의자에서 미끄럼을 타면서 놀고있었다. 의자는 언뜻 보면 삐뚜름하게 박혀있는 꼴이 공들여 설치해 놓은 무슨 상징물처럼 보인다. 의자가 낯익었다. 재래시장으로 장 보러 갈 때면 가끔 앉아서 쉬어가곤 했던 의자, 놓였던 장소에서 흔적 없이 사라졌던 바로 그 의자였다. 다리를 두 개나 지나서 여기까지 떠내려온 모양이었다. 집이 가까이 있는 듯 어른들은 보이지 않았다. 강둑 위에 설치된 원두막처럼 생긴 휴게소에 몇몇 어른들이 보이긴 했다. 나는 아이들과 어른들을 번갈아 바라보면서 천천히 걸었다.

누군가 어깨를 툭 친다. 제법 아프다. 고개를 돌려서 쳐다볼 겨를도 없이 거친 말이 날아들었다.

"아줌마, 눈깔을 엇따 두고 다녀?"

쳐다보니, 갓 스물이나 됨직한 청년이다. 나보다 훨씬 젊어 보였고, 팔뚝에는 새인지 나비인지가 날고 있었다. 놀란 나는 얼이 빠져서 바라만 볼 뿐, 아무 말도 하지 못한다. 우리 기영이도 저만큼 컸을까? 청년이 새가 날고 있는 팔을 번쩍 쳐들면서 윽박질렀다.

"뭘 봐? 그냥, 확."

목소리 뒤끝에 쉰 소리가 쎄쎄 섞여있었다. 차마 나를 내려치지 못하고서 한껏 들었던 손을 내렸다. 나는 주춤주춤 뒷걸음치면서 강으로 시선을 돌렸다가 시선을 내리깔고 뒤돌아선다. 땅바닥만 내려다보고서, 한 걸음 떼 놓는다.

"시발년."

욕설이 귓속을 파고들었다. 겨우 세 걸음이었다. 탁, 침 뱉는 소리에 이어서 턱,턱, 멀어져가는 발소리가 들렸다. 전신에서 힘이 쭉 빠졌지만, 쉬지 않고 걸었다. 멍하다. 이상하다. 힘이 빠진 다리가 자꾸만 허둥거렸다. 나는 절룩거리면서도 계속 걸었다.

하늘엔 구름 한 점 없다. 아직은 햇빛 창창한 여름이다. 목덜미에 와 닿는 공기는 뜨겁다. 등줄기에 땀이 차더니 흘러내렸다.

세 번째 다리 아래에 다다른다. 두 번째 다리까지 아무렇게 흩어져있던 폭우의 흔적들이 말끔하게 청소되어있었다. 보도블록에 쌓였던 지푸라기 같은 쓰레기들도 깨끗이 쓸었다. 관할구역의 공무원들이나 주민센타 직원, 혹은 자원봉사자들이 집 앞에 쌓인 눈 치우듯이 자발적으로 치웠을까? 그게 아니면 사고 난 지점이 가까워서 일부러 깨끗하게 치웠을 수도 있었다. 사진기를 든 기자들이 올 수 있으니까. 아무튼 나는 더욱 느릿느릿 걸었다. 나의 발은 아이들이 강물에 휩쓸려서 떠내려가기 전에 하하거리며 재미있어했을 지점을 향하고, 마음은 뒤돌아서서 집이 있는 쪽으로 타박타박 걸어간다. 나는 지금 나인 듯하고, 또는 나 아닌 듯도 하다. 마음과 몸이 따로 놀고 있으니 유체이탈의 경지에 이른 것일까? 내가 미쳤을까? 갑자기 수양 높은 도인이 되어버렸을까, 나도 나를 모른다.

아이들이 휩쓸렸다는 강둑이 보였다. 반달처럼 휘어진 강물이 햇빛에 반짝거리고 있었다. 눈이 시었다. 애써 실눈을 만들어서 바라보았다. 가까이에서 보니 강물은 예전보다 더 많이 불어나 있었다. 폭우 때문이 아니라 강물이 둑 아래 산책로까지 침범하여서 불어나 있었다. 강둑에는 자전거 한 대가 비스듬히 쓰러져있는 게 보였다.

멀지 않는 곳에 제법 많은 사람들이 둥그렇게 모여 있었다. 두런거리는 여러 사람의 말소리 속에 크게 지르는 목소리가 들렸다.

"뭐하냐고? 사람이 떠내려가는데 뭐하냐고?"

갑자기 악쓰는 고함소리가 들려왔다. 깜짝 놀랐다. 멍하던 정신이 후드득 깨어났다. 사람들이 모여 서 있는 곳에서 들려오고 있었다. 또 누군가 강물에 휩쓸려서 떠내려가고 있는 게 분명했다. 모여 선 사람들 쪽으로 빠르게 걸어갔다. 사람들은 멈추지 않고 뭐라뭐라 떠들어댔다. 둘러선 사람들의 틈을 비집고 강변 가까이 나아갔다. 먼저 눈에 들어온 것은 강물에 둥둥 떠다니는 양파였다. 제법 많은 양파가 제자리에서 빙글빙글 맴을 돌기도 하고 물결 따라서 떠내려가기도 한다.

한 자루도 더 될 것 같았다. 사람들이 강 아래쪽을 바라보고 소리를 질러대고 있었지만, 뭐라고 떠들어대고 있는 것인지 나의 귀에는 한 마디도 들려오지 않았다. 형상만이 두 눈에 뚜렷하게 비춰들었다. 물속에 사람이 있었다. 두 강이 만나는 지점으로 떠밀려가고 있다는 것도 알 수 있었다. 도심의 강답지 않게 유속이 가장 빠르다고 알려진 지점이었다. 물에 빠진 사람은 두 팔을 위로 뻗치고 허우적대고 있었다. 돌다리에서 만났던 여자가 고등학생 다섯이 강물에 휩쓸렸다고 말했다. 그 아이들이 떠내려간 곳도 이 부근이지 않을까? 그럴지도 모르겠다. 여기저기서 사람들이 소리를 질렀다.

"양파장수 강씨잖아. 저러다가 죽겠다. 들어가. 누가 좀 들어가."

"들어가면 죽어."

"119에 전화는 했어?"

"물살이 쎄서 들어갈 수 없다. 119는 언제 와?"

"기다려, 분명 전화는 했지?"

"아이는 잘 건져내고는, 좋은 일 하긴 했는데. 지 죽으면 무슨 소용이람."

선뜻 강물 속으로 뛰어드는 사람이 없었다. 사람들은 저마다 소리만 질러댈 뿐이다. 사실은 유속 빠른 물속으로 함부로 뛰어들면 안 되었다. 위험한 일인 것이다. 2차 사고가 발생할 여지가 충분했다. 인명을 구한답시고, 아무런 장비 없이 강물에 들었다가는 목숨을 잃게 된다는 것쯤은 모두 알고 있었다. 사람들도 어찌할 수 없어서 소리만 냅다 질러대고 있었다. 두 팔을 허우적 거리던 사람은 이제 보이질 않았다. 물살 깊은 곳으로 휩쓸려 들어간 모양이었다. 구조대가 온다고 해도 이미 늦었을 수도 있었다.

보기 싫다, 구조대가 와서 죽은 사람을 물속에서 꺼내는 모습은 진정으로 보기 싫었다. 나는 빙글 몸을 돌렸다.

사람들이 둥글게 모여선 뒤편 바닥에 아이가 누워 있었다. 아이가 왜 누워있는지 나는 알 수 없었다. 누군가가 아이를 살리고 빠졌다고 말했는데, 물에 빠졌다 살아난 아이가 저 아이일까? 주위에 사람들이 많았지만, 물에 빠진 사람을 바라보고, 소리치느라 아이는 뒷전이었다. 아이는 꼼짝도 하지 않고 누워있다. 나는 아이 쪽으로 슬금슬금 다가갔다. 아이 앞에 채 다가가기도 전에 구조대 사이렌 소리가 들렸다.

구조대는 금방 강둑에 나타났다. 노란색 구명조끼를 입은 대원들이 밧줄과 사다리 등을 가지고 차에서 내렸다. 사람들이 와르르 아우성을 쳐댔다. 물에 빠진 사람이 방금까지 허우적거리던 곳을 사람들이 가리켰다. 물속을 살피던 구조대원 넷이 물속에 뛰어들었다. 나머지 대원들은 강 옆길을 뛰어서 내려가고 있었다. 그 모습을 힐끗대면서 나는 누워있는 아이 쪽으로 한 발 한 발 다가갔다. 심장이 두근거린다. 아이가 살아 있을까? 아이는 꼼짝도 하지 않았다. 죽은 듯이 반듯이 누워있다. 얼핏 보아도 기영이 또래다. 아이는 검정색 반바지와 하늘색 티셔츠를 입고 있었다. 기영이가 입고 있었던 옷 색깔이다. 아이에게 조심조심 다가갔다. 아이의 발을 들어 올렸다. 복숭아뼈를 에워싸듯이 빙 둘러있는 검정 반점이 눈에 들어온다. 기영이다. 드디어 기영이가 살아났다. 나의 눈앞에 기영이가 있었다. 시간 따위는 뛰어넘고서 기영이가 나를 찾아온 것이다. 나에게도 나를 보살피는 천사가 있었던 게 분명했다. 언젠가 추위에 떨고 있는 할머니에게 두툼한 겉옷을 벗어준 적이 있었다. 나는 정신없이 기영을 덥석 껴안았다. 소리가 절로 나온다.

"기영아, 기영아, 어디 갔다 왔어!"

나는 기영이 이름을 부르고, 부르고 또다시 힘껏 불렀다. 기영을 부르는 나의 목소리가 멀리멀리 갔다가, 메아리쳐 되돌아왔다.

"기영아, 기영아."

내가 울고 있는지 어떤지 나는 모른다. 양쪽 볼이 뜨거웠다가 조금씩 차가워졌을 뿐이다. 그날이 바로 오늘이다.

　뜨거운 햇살이 내려쬐던 그날, 하늘은 더없이 맑았다. 기영은 수박모양 튜브를 따라다니면서 까르르 웃었다. 나의 눈에 보이는 모든 사물이 평안해 보였다. 강둑에 서 있는 버드나무의 새파란 이파리마저도 편안하고 행복해 보이는 날이다.

　사고는 순식간에 일어났다. 비는 내리지 않았다. 맑았던 하늘에 구름이 끼는가 싶더니 곧바로 흙탕물이 쏟아져 내렸다. 멀리서, 강의 상류 어디쯤에서 번개가 번쩍였고 천둥이 치는 듯한 소리가 들리는 것 같기는 했지만, 강물이 급속도로 불어나서 닥칠 줄은 몰랐다. 물놀이 하는 사람들이 많이 있었다. 나는 아이를 안고 얼른 물 밖으로 나가고자 했다. 아이는 물에 떠내려가는 수박무늬 공을 잡으려고 했다. 나는 아이의 손을 붙잡았다. 그때였다. 발밑의 모래가 사정없이 흘러내렸다. 나는 아이의 손을 잡은 채 물속으로 가라앉았다. 병실에서 내가 깨어났을 때 아이는 없었다. 나는 만 하루 만에 의식이 돌아왔다고 했다. 나의 의식과 육신은 말짱하게 돌아왔지만, 나의 아이 기영은 아직도 나의 품으로 돌아오질 못했다. 나는 지금도 아이의 손을 잡고 붙잡고 있었던 나의 손의 감각을 기억하고 있다. 우리 기영이, 세상 어디선가에서 엄마를 찾고 있을 기영이가 드디어 엄마 품속으로 돌아왔구나. 기영아, 그날이 바로 오늘이구나.

"기영아, 기영아, 눈 좀 떠봐. 엄마야. 어디 있다가 이제야 왔어?"

나는 기영을 안고 어쩔 줄 몰라서 기영의 이름만 부르고 있었다. 갑자기, 누군가 억센 손길로 나를 확 밀쳤다. 나의 기영을 빼앗아가면서 소리쳤다.

"이 여편네가 미쳤나? 남의 애를 안고 울고불고, 웬 난리야?"

동시에 아이가 큰 목소리로 울었다. 아이의 울음에 정신이 돌아왔다. 아이가 한참 전에 눈을 뜨고 나를 바라보고 있었다는 사실을 나는 알지 못했다. 기영이가 틀림없는데, 서늘한 바람 한 조각이 사금파리처럼 가슴살을 꿰뚫고 지나갔다.

나는 얼뜨기처럼 멍하니 앉아있었다. 주위를 둘러보았다. 조금 전 둥그렇게 서 있던 사람들이 이제는 나를 빙 둘러싸고 있었다. 모두들 별꼴을 다 본다는 듯이, 아마도 미친 여자인가보다 하는 눈빛이었다. 대놓고 손가락질을 하는 사람도 있었다. 강둑에 서 있던 119 구조차량은 없었다. 얼핏 삐용삐용 소리를 들은 것도

같기도 했다. 양파장사 강씨라는 남자를 물속에서 찾
아내어 병원으로 데려갔을까? 나는 모른다.

　나는 자리에서 일어나 아무 일도 없었다는 듯이 엉덩
이에 붙은 지푸라기를 털어냈다. 절대로 허둥대지 않
았다. 내가 걷기 시작하자 나를 에워싸고 둥그렇게 서
있던 사람들이 길을 터 주었다. 나는 고개를 빳빳이 쳐
들고 사람들 사이를 아주 느릿느릿 걸었다. ✣

세월

— 어여쁘던 진희가 죽었다.

희경은 며칠 전에 진희가 죽었다는 소식을 들었다, 그때부터 진희의 죽음이 머릿속에서 떠나지 않았다. 먼 곳에서 죽었기에, 장례식에도 참석하지 못했다. 주검이 된 그 애의 마지막 얼굴도 확인하지 못했기에, 진희의 죽음이 실제로 일어났다고 믿어지지 않았다. 봄햇볕은 이리도 밝고 화사한데, 젊은 날, 그리도 어여쁘던 진희가 죽었다.

희경은 진희 생각이 날 때면 문득 자리를 박차고 일어나 꽃송이가 만발한 벚나무 아래를 이리저리 발길 닿는 대로 돌아다니면서, 풋풋하던 시절의 진희를 떠올린다. 고인이 된 진희를 기리는 유일한 행위였고, 더불어 희경 자신은 언제쯤 생을 마감하게 될까를 생각

　　　　　　　　　　　　아버지의 땅

했다. 진희는 무사히, 온전하게, 이 세상에 오기 전의, 원래의 세상일지도 모르는 그곳으로 순조롭게 돌아갔을까? 고인이 된 다음에는 충분한 예우를 받았을까? 산소는 만들었을까? 아니면 하느님께 대충 기도하고 곧바로 불태워서 뼛가루를 아무 곳, 강이나 언덕 혹은 인적 드문 바다나 숲 같은 곳에 버린 건 아닐까? 썩 괜찮은 납골당에 정중하게 잘 안치했노라는 기별은 듣지 못했다. 아무래도 미국은 여기와 달라서 우리의 전통 장례의식 같은 것은 없을지도 모르겠다. 희경은 진희의 죽음이 안타깝지만, 애도하는 방법을 모른다. 그래서, 희경은 진희 생각이 날 때면 문득 자리를 박차고 일어나 꽃송이가 만발한 벚나무 아래를 이리저리 발길 닿는 대로 돌아다니면서, 풋풋하던 시절의 진희를 떠올리는 것이다. 고인이 된 진희를 기리는 유일한 행위였고, 더불어 희경 자신은 언제쯤 생을 마감하게 될까를 깊이, 심도 있게 생각해보기도 한다.

"인천 처형이 온다는데?"

현관문을 열자마자, 남편의 목소리가 들렸다. 남편은 소파에 등을 붙이고 빈둥거리고 있었다. 등받이를 모두 바닥에 떨어뜨린 소파에서, 축 처진 배를 다 드러내 놓고 큰대자로 누워 고개만 tv쪽으로 돌리고 있었다. 꼴불견이다. 정년퇴직하고 빈둥대는 남편도 한때는 5

월의 나뭇잎처럼 파릇파릇하던 시절이 있긴 있었다. 지금 저 꼴은 정말 못 봐주겠다. 틈만 나면 희경은 남편 홍보는 게 취미가 되었다. 희경은 지금도 속으로 홍보기 바빠서, 남편이 무슨 말을 했는지 얼른 새겨들을 수 없었다.

"뭐라고? 누가 온다고?"

"있잖아, 얼마 전에 미국에서 죽은 당신 종질녀 엄마, 그 왜 있잖아, 인천 산다는 당신 사촌 언니 말이야. 그 처형이 우리 집에 오고 있다고 전화했더라."

남편은 말을 참 어렵게도 한다. 젊었을 때도 더듬거리더니, 늙은이가 되더니, 시도 때도 없이 더듬거렸다. 남편의 입속에서 단어들이 자꾸만 헛발질을 해대는 모양이었다. 그 옛날처럼 그냥 '진희'라고 이름을 부르면 더 알아듣기 쉽고 간단할 텐데. 여기까지 생각하다가 희경은 깜짝 놀랐다. 뭐? 누가 온다고? 진희 엄마, 인천에 사는 수연언니가 지금 여길 온다 했다고? 말도 안 돼.

"당신 선잠 자다가 꿈꾼 거 아니야? 그 언니가 여길 왜 오냐고? 원수처럼 지낸 세월이 십여 년인데?"

"아, 모르겠고, 어쨌든, 지금 인천에서 출발한다, 했어."

난감했다. 수연언니에게 죄인 아닌 죄인이 된 탓에,

눈 흘기고, 뜸하게 지낸 세월이 얼마인가? 그런데 왜? 갑자기? 희경은 불길한 예감이 들었다. 듣기 좋은 소리를 하려고 오는 것 같지 않았다. 아마도 심한 말을, 더 심하게는 또다시 머리카락을 왕창 뜯기는 일이 벌어질 수도 있을 터였다. 진희가 죽었다, 언니는 더욱 괘씸한 마음이 들었을 수도 있었다. 그럴지도 모르겠다. 희경은 갑자기 예전에 수연언니에게 맞았던 뺨이 다시금 욱신거리는 듯했다. 집을 비우고, 언니가 다녀갈 동안 찻집이라도 가서 숨어있는 게 좋지 않을까? 희경은 마음속이 복잡하고 갈팡질팡했다. 지금 인천에서 출발했다면? 여기까지는 두어 시간 걸릴 터였다. 아마 점심 때쯤이면, 들이닥칠 것이다. 어쩌면 더욱더 빠르게 시간을 앞질러서 도착할지도 모른다. 희경은 사촌 언니와 맞닥뜨렸을 때의 난감함이 눈에 선했다. 두려운 마음이 앞선다. 피하는 게 최선의 수일 것이다. 도망이다, 희경은 겉옷을 걸치고 현관을 나서면서 남편에게 말했다.

"나 없다고 해요."

남편이 비실비실, 비웃으며 받아쳤다.

"도망 가려구? 소용없을 걸."

희경은 일부러 계단을 택하여 층계로 내려갔다. 대여섯 층을 내려갔을 때, 이건 아니지, 하는 생각이 들었다. 잘못한 거 있으면 그에 대한 원망을 듣거나 책임을 져야지, 무조건 피하는 게 능사가 아니지 않겠는가. 희경은 다시 층계를 올랐다. 불편한 만남을 피하려던 마음 따윈 지우자, 무엇이라도 해보자. 외할머니 칼국수가 생각났다. 어릴 때 외가에서 수연언니와 곧잘 함께 먹었던 그 칼국수를 만들어 언니에게 대접하자, 설사 칼국수 그릇이 거실 바닥에 내팽개쳐진다 해도, 그게 옳은 일이지 싶었다. 방학 때면 수연언니와 머리 맞대고 맛나게 먹곤 했는데, 그 맛을 낼 수 있을지 자신은 없었지만, 또 그 맛을 느낄 수 있을지도 의심스럽지만, 희경은 자신이 할 수 있는 게 그것 말고는 없다는 것을 깨달았다.

　희경은 냄비에 굵은 멸치와 다시마, 양파, 무를 넣고 가스를 켰다. 부르르 끓어오르면 불을 줄여서 은근히 우려 나게 해야 한다. 밀가루 반죽도 외할머니가 가르쳐 준 그대로만 하면 옛날 그 맛이 날까? 속이 깊은 양재기에 밀가루 세 사발을 담았다. 굵은 감자 한 알을 강판에 갈았다. 밀가루에 간 감자와 들기름 한 숟갈, 약간의 소금과 물을 적당히 넣고 주물럭거렸다. 반죽을 오래 치댈수록 칼국수의 면발이 쫄깃해진다. 면을 씹을 때 감자의 아삭거림이 더해져서 별미였던 것이 외할머니 칼국수였다. 수연언니는 감자 알갱이가 아삭, 씹힐 때 깔깔거리며 말했다. 입속에서 별이 터지는 것 같아. 오래오래 치댄 반죽을 숙성시키려고 랩을 씌우고 있을 때 남편의 목소리가 들렸다. 그는 숫제 고함을 지르고 있었다.

"저 사람, 그놈 아니야?"

희경은 남편이 손가락질하는 tv에 시선을 던지면서 물었다.

"누군데?"

"저 사람 말이야. 지금 인천에서 온다는 처형 딸, 이번에 미국에서 죽은, 거, 거, 있잖아? 싸가지, 그놈 말이야."

희경은 남편이 가리키는 tv화면 속의 남자를 자세히 뜯어보았다. 화면에는 뚱뚱한 몸피의 중년 남자가 연설하고 있었다. 얼굴에는 웃음을 한가득 띠고 있었는데, 자잘한 주름살이 잡혀있는 눈가를 보면 예순은 가까울 듯했다. 이리저리 뜯어봐도 얼른 떠오르는 얼굴이 없었다.

"모르는 사람인데?"

"잘 봐봐. 그새 폭삭 늙어버려서 첫눈에는 알아보기 힘들겠지만, 그놈이 틀림없다니까. 그런데 저놈 나보다 더 늙어 보이잖아? 하긴 세월 이기는 장사 없지. 이름 아니었으면 알아볼 수 없을 뻔했다고, 킬킬."

남편이 킬킬, 웃었다. 재미있다는, tv화면 속 남자가 자신보다 더 늙어 보여서 재미있어 죽겠다는 표정이었다. 뭐가 저리도 재미난 것일까? 희경은 tv화면에 눈길을 주었다.

임우재, 그 사람이 맞는가?

하필이면 수연언니가 오고 있다는 지금 tv에 얼굴을 디밀 게 뭐람. 기분 좋은 일이 아니었다. 오랜 세월이 흘렀다. 얼핏 봤을 때는 옛날 모습이 보이지 않았다. 자세히 살펴보니 예전의 그 파릇하던 모습이 보이는 듯도 했다. 굳은 의지가 엿보이던 사각진 얼굴과 선한 인상을 주었던 둥근 눈썹, 쭉 뻗은 콧대 등 구석구석 새겨보니, 풋풋하던 그 시절의 옛 얼굴이 어렴풋이나마 겹쳐 보였다. 더군다나 임우재, 개명하지 않았다면 그 사람이 틀림없을 듯했다.

"저 사람, 정계 은퇴하지 않았어?"

"정치가들은 안 되겠다, 싶으면 말없이 사라졌다가 괜찮다 싶으면 짠하고 등장한단 말이야."

"그런가?"

"그 처형도, 참, 안 됐어. 딸내미 하나 있는 거 멀리 타향에서 그렇게 가버렸으니, 얼마나 원통하겠어. 나 같으면 울화병에 심화병에 병이란 병은 다 걸린 것만 같은데."

아버지의 땅

"그러게. 그리고 온갖 원망은 우리 몫이었지."

"그런데 말이야, 그렇게 보기 좋게 사귀다가 말이야, 왜, 어쩌다가, 찢어졌을까? 헤어지지 않고 둘이 잘 되었으면 말이지, 저놈 잘나갈 때 그 덕 좀 누릴 수 있었을 텐데, 아닌 말로 총장 자리 하나쯤 넘볼 수도 있었을지도 모르는데 말이야. 아까워. 사람 일 참 알 수 없다니까."

물욕이 심한 남편은 만약 진희가 임우재와 결혼하였다면 혹시 얻게 됐을지도 모르는 이득을 애석해하고 있었다. 제 버릇 개 못 준다더니, 헛물을 말로 들이키네, 희경은 남편의 속물적인 심보를 내심으로 마음껏 비웃었다.

임우재는 전 대통령이 국회의원이었을 때 보좌관이었다. 대통령이었을 때는 비서실에서 근무했다. 도지사에 당선되기도 했다. 그 모습을 tv화면에서 종종 볼 수 있었다.

tv화면에서 임우재는 웃고 있었다. 희경은 '진희와 우재', 그들의 풋풋하던 그 시절을 잊지 않았다. 기억하고 있다. 임우재가 tv화면 속에서 행복한 듯 웃고 있었다. 임우재는 강진희를 완전하게 잊었을까? 그렇게, 한 시절을 완벽하게 잊는다는 게 가능할까? 이런 생각이 들 때면 희경은 밝게 빛나는 봄날의 저 햇빛마저도 진정 햇빛일까 하는 의구심이 든다.

1985년 3월부터 1987년 6월까지 2년 3개월 동안 희경은 그들과 함께 살았다. 그들이 희경의 집 2층에서 동거했으니, 같이 산 셈이다.

그들이 얼마나 풋풋하게 그리고, 처연하리만큼 아름답게 살았는지를 세상의 누구보다 희경은 선명하게 기억한다. 진희의 운명이 뒤틀린 것은, 그녀가 미국이민을 떠났을 때부터였을까? 아니면, 그들의 사랑이 끝났던 그때였을까? 그도 아니면 사랑의 시작점이었을까?

운명이란 말을 입에 올리기를, 사람들은 즐긴다. 흔히들 운명은 피할 수 없다는 말을 한다. 운명이란 놈은 앞길뿐만 아니라, 사방에 함정을 파고, 덫을 놓아서 희생물이 빠지기를 기다린다. 경박하거나, 진중하거나, 얍삽하거나, 진지한 사람이 자칫 헛다리를 밟아서, 함정에 빠지기라도 하면, 멀찍이 서서 박장대소를 하거나, 숨어서 지켜보고 있다가, 배꼽을 잡고 킬킬거리는 게 운명이 바라는 목표일 것이다. 어쩌면 운명의 고유한 속성은 한마디 말 속에, 한순간의 눈짓 속에 숨어 있을지도 모른다는 생각이 들어서 희경은 침울해졌다. 그것을 어떻게 잡아낼 수 있단 말인가? 오백 년을 살아도 알아낼 수 없을 것이다.

집 안에 구수한 냄새가 가득했다. 육수는 불그스름한

색깔로 잘 우려졌다. 건더기를 건져내고, 칼국수를 밀었다.

벨이 울렸다.

누구지? 아직 언니가 도착할 시간이 아닌데? 현관을 열었다. 희경의 짐작과 다르게 사촌 언니, 수연이 서 있었다. 마주할 각오가 되어있었지만, 막상 언니의 얼굴을 대하자 희경은 아무런 생각도 떠오르지 않았다. 어찌할 바를 모르고서, 우두커니 서 있기만 했다. 적어도 오랜만이라는, 만난 지 오래되었다는 인사 정도는 해야 하건만 입이 떨어지지 않았다.

"반갑습니다, 처형."

어느 사이 정갈한 옷으로 갈아입은 남편이 반갑게 손님을 맞이하고 있었다. 비로소 제정신으로 돌아온 희경은 정신을 가다듬고 사촌 언니를 바라보았다. 잠시 어리둥절해졌다. 웬 늙은이가 서 있었다. 못 본 사이에 수연언니는 기세등등하던 예전의 모습은 흔적 없이 사라지고, 노인이 되어있었다. 만약에 길거리에서 스치고 지나친다면 알아볼 수 없을 뻔했다. 희경은 마음이 먹먹해졌다. 빛나던 그것들은 모두 다 어디로 가 버렸을까?

"언니……."

희경은 더는 말할 수 없었다. 아무런 말도 하지 못하

고 눈도 마주치지 못하고서, 그저 사촌을 향해 멍하니
서 있기만 했다. 그리고 희경 자신도 모르는 사이에 뜨
거운 뭔가가 자신의 두 볼을 타고 흘러내리는 것을 느
낄 수 있었다.

"울긴, 왜 울고 난리야? 초상났어?"

사납게 쏘아붙이는 수연언니의 목소리가 귓전을 쨍,
하고 때리자 희경은 정신이 번쩍 들었다. 그랬다. 진실
로 그래야 수연언니지, 희경은 마음이 놓였다. 피식,
웃음이 났다. 희경은 비로소 언니의 눈을 똑바로 바라
볼 수 있었다. 어쩐 일인지 자꾸만 웃고 싶어졌다. 주
책없이 웃다가는 수연언니에게 또 머리카락이 잡힐 듯
하여 희경은 입을 열었다.

"언니, 우리 수연언니 맞네."

"지랄도 참 많이도 한다. 울었다가, 웃었다가, 늙어
서 오줌싸개 될 작정이냐?"

"반가워 그러지. 언니한테 뜯긴 머리카락도 모두 다
올라왔거든."

"그래? 다시 뽑아주랴?"

"언니도 참, 무슨 바람이 불었수?"

"너 좀 조질려고 왔는데, 처 울어싸니 머리카락은 쥐
어뜯지 못하겠다."

"농도 잘하셔."

희경은 눙쳤다. 언니가 예전 같지 않다고 느꼈다. 노인이 다 된 외모를 두고라도 활달하고 칼칼하던 목소리마저 힘이 빠지고, 깊은 늪에 빠진 것 같은 쓸쓸함이 묻어났다. 진희 때문에 상심이 컸을까? 아니면 언니의 몸 어딘가가 좋지 않을까? 희경은 언니에게 바짝 다가앉았다. 손을 잡았다. 차가웠다. 섬뜩한 차가움에 깜짝 놀랐지만 내색하지 않고서, 손등을 어루만지면서 말했다.

　"언니, 배 고프지?"

　"아니, 너랑 가고 싶은 데가 있어서 온 거야. 같이 나가자."

　"알았어, 언니. 언니 온다길래 칼국수 만들었어. 생각나? 우리 방학 때마다 평촌 외가에서 칼국수 먹지 않았어? 그 생각이 나서 솜씨 좀 부려봤는데, 언니도 외할머니 손맛이 그립지?"

　"우리 외할머니, 솜씨가 워낙 좋았지."

　"언니, 칼국수 먹고 나가자. 점심 먹기엔 조금 이르지만, 나가서 먹는 것보다는 좋지 않겠어? 언니 생각하면서 마련하기도 했고."

　"그래? 알았다. 그러자."

　희경은 가스불을 켰다. 금방, 구수한 육수 냄새가 실내에 떠돌았다. 다행히 면은 밀가루 덕분에 서로 붙어 있지 않았고, 뿌연 면과 색색이 채소가 어우러진 칼국수는 보기 좋았다. 국물을 한 수저 떠먹은 언니는 말이 없었다. 싱겁지? 희경이 소금 그릇을 밀어주었건만, 수연은 소금을 치지 않았다. 국수 가닥을 입에 넣고만 있었다. 싱거울 텐데, 신경이 쓰였다. 희경은 평소에도 웬만하면 싱겁게 간을 한다. 남편이 워낙 타박을 많이 하는 편이라 아예 간을 하지 않을 때도 있었다. 소금 그릇을 식탁에 놓기만 하면 되는데, 싱겁다거나 짜다 거나 하는 말을 들을 필요가 없어서, 좋았다. 수연은 한 그릇을 다 비우지 못했다. 국수 건더기를 반이나 남겼다. 수연이 말했다.

"맛있다. 외할머니 솜씨랑 거의 같다. 내가 입맛이 좀 없어서, 다 먹지 못했다."

"괜찮아, 언니. 안색이 좀 안 좋긴 하다, 어디 크게 아픈 건 아니지?"

"아프긴."

수연이 웃었다. 진희에 대한 말을 꺼내지 않았다. 희경은 언니가 진희의 죽음을 꺼내어 말하면 어떻게 대꾸해야 할지를 궁리했지만 뾰족한 말이 없어서 가슴을 졸이고 있었다. 희경은 진희의 죽음에 대한 말을 하지 않은 수연언니가 고마웠다. 남편은 그사이를 참지 못하고 tv를 켜고 거실 소파에 앉아 있었다. tv에서는 아직도 총선 출마자들의 연설과 토론이 이어지고 있었다. 종일토록 진행될 모양이었다. '임우재' 목소리도 들리는 듯했지만, 수연언니는 신경쓰지 않았다. 대충 설거지를 하고 작설차를 내갔을 때도 수연은 자세조차 바꾸지 않은 채, 그 모습 그대로 앉아 있었고, 아무런 말도 하지 않았다. 차 한 잔을 다 마시고 난 다음에야 수연이 입을 열었다.

"차향 좋다. 이제 나가자."

희경은 서둘렀다. 사촌을 따라나섰다. 택시가 기다리고 있었다. 수연언니는 택시를 대기 시켜놓은 채 칼국수를 먹었던 모양이다. 택시에 올랐지만, 기사는 어디로 가느냐고 묻지도 않았다. 수연언니가 미리 행선지를 알려주었던 듯했다. 택시는 남쪽으로 달리다가, 서쪽으로 달렸다. 고속도로를 벗어난 택시가 국도로 접어들었다. 차창 밖에는 총천연색으로 알록달록했다. 노랗고, 파랗고, 붉고 희고, 초록색이 멋진 조화를 이루고 있었다. 희경은 차창을 내렸다. 꽃향기가 차 안으로 쏟아져 들어왔다. 코끝을 벌름거리면서, 희경은 수연에게 물었다.

"언니, 지금 어디 가는 거야?"

"다현에 들렀다가, 평촌으로 갈 거야."

"다현에는 아무도 없잖아. 평촌에는 누가 있나?"

"율촌 외당숙이 계시지. 또 아무도 없으면 어때? 산이 있는데. 강도 있고, 나무도 있고, 옛 돌덩이들도 굴러다니는데."

"그러네."

아스팔트로 포장된 길에는 벗나무가 열을 지어 서 있었다. 벗나무에는 분홍색 꽃송이들이 몽실몽실 피어났다. 분홍색 양털 구름이 소복소복 내려앉은 듯했다. 살랑살랑 바람이 불었다. 꽃송이들이 흔들렸다. 간혹 일찍 피어난 꽃송이에서 꽃잎이 흩날리기도 했다.

오래지 않아, 차창 밖으로 낯설지 않은 풍경들이 슬슬 나타났다. 산과 들, 하천, 언덕, 구릉들이 눈에 익었다. 산천은 의구하다, 하더니 희경이 기억하는 산천은 옛 모습 그대로이다. 그런데, 그때 살고 있었던 사람들도 그대로 살고 있을까? 지금은 거의 사라지고 없을 듯했다.

두 시간이 지나도록, 말이 없던 운전기사가 입을 열었다.

"산모퉁이만 돌아나가면 다현입니다."

"아, 다 왔네요."

수연언니가 말했다.

드디어 다현이다. 택시에서 내리면서, 수연언니가 기사에게 말했다.

"기사님, 이곳에서는 딱 두 시간만 있을 겁니다. 지금 2시니까, 4시에 오시면 됩니다."

"예, 그러지요."

선선히 대답한 중년의 기사가 택시를 몰고 왔던 길로 사라졌다.

예전의 골목은 구불구불 흙길이었다. 반듯하게 포장된 길이 낯설었다. 왠지 삭막했다. 수연언니가 골목 맨 끝 집으로 들어갔다. 수연언니가 어린 시절을 보냈던 집이다. 희경도 방학 때마다, 다현 이모네, 그러니까 수연언니네 집에서 며칠씩 보내곤 했다. 돌보는 사람이 없을 텐데도, 사람이 사는 듯했다. 살림살이가 반들거리는 정도는 아니었지만, 사람 손이 간 흔적들이 있었다. 부엌도 현대식으로 꾸며져 있었다. 수연언니가 성큼 대청에 올랐다. 안방에서 방석을 가져오고, 부엌에서 감귤 주스 2캔을 가지고 왔다. 수연이 털썩 앉으면서 희경을 보고 말했다.

"경아, 이리 와서 앉아. 목도 좀 축이고."

"언니, 집을 잘 꾸몄네."

"진희 데려와서 같이 살려고 했다. 소식 없다가, 진희가 아프다고 전화했더라."

"그랬어? 그런데 언니, 어디 아파? 얼굴빛이 좋지 않아."

"그냥 그래. 진희 낳고, 여기서 산후조리를 했다. 우리 엄마가 고생했지."

　"생각 나. 그땐 이모도 젊었었는데."

　"그랬지. 진희는 여기서 어린 시절을 보냈어."

　"진희 참 예뻤어. 보고 싶네. 진희."

　"진희 갔다는 연락 받고 나, 여기서 살려고 했어. 이제 소용없게 됐지만. 이 집 너 가져라."

　"언니는 뭔 농담을 그렇게 재미없게 해?"

　"아니야, 너에게 주고 싶어. 네 앞으로 등기이전 미리 해놨다. 심심할 때, 한 번씩 내려와서 자고 가고 그래라. 박서방이 속 썩이면 피신할 데가 있으면 좋지 않겠니?"

　"언니 참 이상하다. 왜 그래요? 어디 멀리 이사 가?"

　"이사는 무슨, 그때 너한테 참 미안했다. 이 말을 꼭 하고 싶었어."

　"참 언니도. 내가 미안해. 진희가 아무리 비밀을 지켜달라고 사정했어도 먼저 언니한테 알렸어야 했는데, 그러질 못했어. 진희 그렇게 되고 나니까, 다 내가 잘못한 것 같아서, 언니 얼굴을 못 보겠어."

　"네가 잘못한 거 없어. 우리가 수습을 잘못한 거였지. 네 형부, 그 어리석은 고집이 진희를 잡아먹고, 자기 자신도 잡아먹었다."

"언니도, 참. 일이 그렇게 될 줄 형부가 어떻게 알았 겠어? 형부는 반듯한 사람이었어, 언니. 돌아가셨을 때 내 마음이 얼마나 퍽퍽했는데."

"같이 살아보지 않으면 알 수 없단다."

희경은 수연언니가 한없이 애처로웠다. 지금 언니는 위로가 필요할 터이지만 희경은 말재주가 없었다. 희경이 수연을 꼭 끌어안았다. 다시금 희경은 놀랐다. 수연의 야윈 몸피가. 척추나 쇄골의 뼈마디가 희경의 가슴팍을 누르는 듯했다. 희경은 수연의 손을 쥐었다. 손에도 살집이 없었고, 뼈만 앙상하게 드러나 있었다. 희경은 군인의 아내로서 억센 기질만 기억하고 있었는데, 야위다 못해 뼈만 앙상한 수연언니를 위로하려는 말을 찾았다.

"언니, 아주 나쁘고 나쁜 악운이 끼어들어서 진희가 하는 일을 훼방 놓고 꼬이게 만들었을 거야. 나쁜 운이 작정하고 덤비는데 무슨 수로 피하겠어? 진희는 좋은 곳으로 갔을 거야, 언니. 마음을 놓아요, 언니."

"운은 무슨 운? 운 같은 거, 없어. 사람이 처신을 잘 못하면 마땅한 벌을 받게 된다."

수연언니가 화를 냈다.

침묵이 흘렀다. 희경은 반박할 말도, 위로할 말도 찾 을 수 없었다. 그 사건 이후 진희는 수연언니와 인연을

끊고 살았다. 그때 수연언니가 희경의 머리카락을 움
켜쥐고는 말했다.

— 못된 년, 네 딸이라도 그렇게 내버려 두었겠니?
나쁜 년, 다시는 안 보고 싶다.

진희가 미국 유학을 떠났다, 아예 미국인으로 살려고
간 것이다, 대한민국 국적을 포기했다, 미국인과 결혼
했다, 등의 소식도 친척들이 귀띔 해 주었다.

희경은 진희가 미국에서 어떻게 살았는지 궁금했지
만, 차마 수연언니에게 물어볼 수 없었다. 그냥 입을
꾹 다물고, 수연이 무슨 말을 하는지 지켜보았다. 수연
은 앞산만 멀뚱히 바라보고 있었다. 수연의 얼굴이 핏
기가 없어지는 것처럼 해쓱해지고 있었다. 얼굴빛이
점점 파리해 갔다. 진희를 떠올리고 있다고 희경은 지
레짐작했다. 점점 파리해지는, 점점 힘들어하는 수연
을 바라보고 있자니, 힘든 기억을 떠올린다는 것은, 참
기 힘든 고문을 참아내는 것과 다르지 않을 거라는 생
각이 들었다.

마침내 수연이 입을 열었다.

"진희가 아기를 가졌었다는 소문은 들었지? 니네집
2층에서 동거하던 놈이랑."

"아, 아니, 언니 못 들었어. 세상에, 그런 일이 있었
어?"

"너의 집 2층에 숨어 살면서, 노조운동이라나, 학생운동이라나, 그런 걸 했다더라. 네가 알았으면 말렸겠지, 나한테 얼른 연락을 했거나 그랬겠지. 나도 잘 몰라, 알고 싶지 않았다는 말이 더 정확하겠지만. 군인마누라가 군인 남편 뒷바라지도 바쁜데, 아는 게 있어야지. 진희는 그런 무시무시한 죄명으로 기소되어 검찰 조사를 받았다. 검찰 조사실에서 유산되었다고 하더라. 어쩌다 그렇게 됐는지 모르겠지만, 네 형부는 제정신이 아니었다. 유산되지 않았다면 그놈이랑 어떻게든 맺어주었을 텐데, 그러지 못했다. 네 형부가 그놈을 반 죽여놨거든. 가만히 생각해보면 진희가 휴학하고 학생운동인가 뭔가에 뛰어들었던 건 네 형부라는 작자 때문이라는 생각이 들기도 한다."

"왜, 그런 생각을?"

"애를 꼼짝하지 못하게 잡았거든. 자식이 아니라 군인 부하 대하는 듯했다. 그러니 나는 또 오죽했겠어? 진희는 아마 숨이 막혔을 거야……."

"형부도 좀 참을 것이지."

"그놈이랑 완전히 끝났다는 걸 알고 난 진희는 마음을 잡지 못했다. 반강제로 미국에 보냈는데, 처음엔 학업에만 열중하고 다른 것엔 눈도 안 돌린다고 하더니, 어느 날 느닷없이, 미국인이랑 결혼을 하고, 국적을 포기하고, 뭐 그랬어. 나는 미국 사위를 한 번도 만나지 못했어. 나오지도 않았고 초청장도 보내지 않았다. 나는 진희를 만나러 간다, 간다, 하면서도 가지 못했다. 진희는 30년 동안 한 번도 엄마를 만나러 오지 않았어."

"……."

수연언니의 안색이 더욱 파리해지고 있었다. 희경은 아무 말도 할 수 없었다. 아니 숨쉬기도 힘들었다. 수연언니의 목소리는 까마득한 곳에서 들리는 메아리 같았다. 메아리의 진동이 점점 커지더니 집을 흔들고는, 마을 전체를 뒤흔들고는, 희경의 가슴을 꿰뚫었다.

희경은 대령 계급장을 붙이고, 손가락을 눈 옆에 척 붙이고서, 경례를 하던 형부 사진을 본 적이 있었다. 또 수연언니가 신혼이었던 시절 휴전선 근방의 부대로 언니를 찾아간 적도 있었다.

빽빽, 자동차 경적소리가 들렸다. 희경이 시계를 보았다. 4시다. 멍하게 앉아 있는 수연을 보고 희경이 말했다.

"언니, 택시가 왔나 봐. 벌써 4신가봐. 참 빨리 지나간다. 언니, 가자."

"그래, 가자."

수연은 일어서다가, 마루바닥에 쿵 넘어진다. 깜짝

놀란 희경은 수연언니를 얼른 일으켜 안았다. 수연이 얼굴이 핏기 하나 없는 것처럼, 창백했다. 희경은 감귤 주스를 수연 입에 흘러 넣었다. 조금 뒤, 수연이 부스스 몸을 떨치고 일어났다. 아무래도 수연언니의 몸 상태가 정상이 아닌 듯했다. 만났을 때부터 이상한 생각이 들긴 했지만, 그냥 어딘가 좀 안 좋은 것 같다는 짐작은 했지만, 훨씬 심각할 수도 있다는 생각이 들었다.

택시가 다현을 떠났다. 평촌 방향으로 달려가기 시작했다. 수연은 아무 말도 하지 않았다. 아예 두 눈을 꼭 감고 있었다. 다현에서 평촌은 삼 십리 길로 지척이었다. 택시가 평촌에 들어섰다. 택시기사가 훤하게 닦인 공터 가장자리에 있는 마을회관 앞에 택시를 세웠다. 수연언니는 꼼짝도 하지 않았다. 이윽고 수연이 말했다.

"기사님, 그냥 병원으로 가요."

기사가 시동을 걸었다. 택시가 집으로 가는 길을 달려가기 시작했다. 여전히 수연언니는 두 눈을 꾹 감고 있었다. 희경은 택시 안의 공기가 너무도 무거워 질식할 것만 같았다. 차창을 조금 열었다. 수연이 콜록, 기침을 했다. 희경은 재빠르게 차창을 닫았다. 침묵에 둘러싸인 채 시간이 흘렀다. 택시가 고속도로에 진입했을 때 수연이 입을 열었다.

"경아, 사실은 내가 많이 아파. 곧 죽는다고, 의사가 그러더라. 우리 진희가 엄마를 보고 싶어 하나 봐. 하도 떨어져 살아서 엄마 품이 그리운 모양이야."

수연은 남의 이야기인 듯 천천히, 그리고 또박또박 말했다. 희경은 너무 놀라서, 어떤 말을 해야 할지 몰라서, 입에서 나오는 대로 더듬더듬 말했다.

"언니, 도대체 무슨 말을 하고 있는 거야?"

수연은 희경의 손을 잡고는 가만히 말했다.

"경아, 너를 볼 수 있어서 좋았다. 나의 몸이 내일 어떤 변덕을 부릴 줄 모르잖아? 시간이 내가 생각한 만큼 남아 있지 않을 수도 있고 말이야."

수연이 살짝 웃었다. 그런데, 그 미소가 너무도 어여뻐서, 마치 세 살 된 아이처럼 웃어서 희경은 기함을 했다. 뒤로 넘어질 뻔했다. 수연이 기사에게 말했다.

"기사님, 우리 동생 아파트에 내려 주시고, 곧장 병원으로 가 주세요."

"아니야, 언니. 내가 언니랑 같이 병원까지 갈게."

"다음에, 오늘은 내가 하자는 대로 해."

희경은 더는 고집을 부릴 수 없다는 것을, 아니 고집을 부려서는 안 된다는 느낌이 들었다. 오늘은 병원만 알아 두는 게 좋겠다. 내일 수연언니를 찾아가자.

꽃잎이 흩날리고 있었다. 이리저리 폴폴, 한가하게

날리는 모양새가 한겨울에 내리는 눈송이를 보는 듯했
다. 눈이 부시게, 너무도 화사한 벚꽃나무 사이로, 수
연언니를 태운 택시가 사라져갔다. 세상에서 서럽지
않는 죽음이 있을 턱이 없겠지만, 유독 봄날에 죽는다
는 것은 진실로 서러웁다. 누구는 죽고, 누구는 죽어가
고, 누구는 살아서 펄펄 날리고, 봄은 그렇게 만연해가
고 있었다. ⚘

폐차장에 모인 불빛

아빠, 할머니가 죽었어.

서아의 목소리에 경수는 깜짝 놀랐다. 폐자동차 밑바닥에 눌러붙은 축전지를 긁어내고 있던 경수는 끌칼과 긁개를 내팽개쳤다. 노인이 죽다니? 안될 말이다. 노인은 폐차장 가장자리에 서 있는 느티나무와 장미 울타리 사이에 쓰러져 있었다. 경수는 핸드폰으로 구급대와 지구대에 신고부터 했다. 노인을 일으켜 안았다. 노인의 몸이 힘없이 늘어졌다. 노인의 코끝에 손가락을 댔다. 다행히도 숨은 쉬고 있었다. 노인에게 지병이 있었던 건 아닐까? 아니면 요즘 창고방에서 지내면서 필요한 만큼의 충분한 영양분을 섭취하지 못한 건 아닐까? 걱정되면서, 겁이 나기도 했다. 만약 노인이 죽는다면 그에 따른 책임질 일이라도 생기지 않을까? 잠깐 사이에 경수의 머릿속은 많은 걱정이 스친다. 하여튼, 노인에게 문제가 생긴다면 귀찮고 성가신 일이 벌어질 터였다.

금방 구급대가 왔다. 노인의 상태를 점검한 구급대원이 경수를 바라보면서 물었다.

"어디 병원으로 갈까요? 요즘 대학병원 응급실은 수용되지 않은 경우가 많아요."

"가까운 의원으로 갑시다. 일단 의원에서 진료한 다음, 이상이 있다면 큰 병원에 가야죠."

구급차가 시동을 걸고 있을 때, 경찰차가 도착했다. 안면이 있는 동네지구대 경찰이 경찰차에서 내렸다. 노인을 처음 보았을 때, 경수는 가출했거나 집을 잃어버린 노인이 폐차장에 있다고 지구대에 신고했다. 그때 출동한 경찰들이었다. 동네 의원까지 구급차를 뒤따라 온 경찰이 노인이 쓰러진 경위를 일지에 꼼꼼히 기록한 다음 떠났다. 경수는 경찰이 자리를 뜨기 전에 노인의 지문 조회가 어떻게 진행되고 있는지 물었다. 조금만 더 기다려야 한다고 말한 경찰이 덧붙여 말했다.

"곧 조회결과가 나올 겁니다. 예전에는 두세 달, 혹은 반 년이나 걸리는 경우도 종종 있었으나 요즘은 모든 게 워낙 빠르게 진행되니까요. 아마도 며칠 내로 연락이 갈 것입니다."

동네 온누리의원 원장은 나이가 많았다. 노인을 진찰한 다음 말했다.

"기력이 많이 떨어졌네요. 달리 큰 장애는 보이지 않아요. 뭐 노인들 다 그렇지요. 주민번호가 없어 의료보험을 적용할 수 없으니, 그냥 보호자가 오만 원짜리 영양주사 한 대 맞은 것으로 처리합시다."

경수는 안주머니에서 자주색 수첩을 꺼내어 또박또박 적었다.

─ 이름 모르는 노인Q, 5월 10일, 온누리의원, 영양주사 한 대, 오만 원.

지구대 대장이 노인에게 들어간 경비를 돌려주겠다고 했다. 빼먹지 않고 잘 적어두어야 한다. 노인이 진짜 가족을 만나 경수의 창고방을 떠날 날이 올 것이고, 그때 지구대 대장에게 보여주어야 한다. 돈을 받아낼 수 있는 근거가 되어 줄 것이다.

간호사가 링거 수액에 영양제를 꽂아 넣으면서 말했다.

"두세 시간 걸릴 거여요."

영양제는 유치원 아이 주먹만큼 했고, 색깔이 노랗다. 노인은 두 눈을 꾹 감고 죽은 듯이 누워있었다. 링거에서 떨어지는 누르스름한 액체가 노인의 야윈 손등

아버지의 땅

을 통해서 몸 전체로 전달되고 있었다. 서아가 불안한 눈빛으로 노인을 내려다보고 있었다. 걱정되는 듯 노인의 곁을 떠나지 않았다. 경수는 서아의 불안한 마음을 달래주고 싶었다. 걱정하지 말라는 듯 서아의 등을 토닥토닥 두드렸다. 링거줄 속의 노란 액체가 노인의 손등으로 사라지는 게 신기한 듯, 무서운 듯 계속 쏘아보고 있던 서아가 경수를 올려다보면서 물었다.

"아빠, 할머니 안 죽지?"

"그럼."

서아가 고개를 끄덕였다. 살짝 웃으면서 노인에게로 시선을 돌렸다. 그 모습이 참으로 예뻤다. 서아는 주운 딸이다. 삼 년 전에 우연히 거두게 된 아이였다. 늦가을 바람이 몹시도 차갑게 불던 날에, 버스 정류장에 오도카니 앉아있었다. 아침나절에 정류소 앞을 지나가면서 보았던 아이가 저녁때가 다 되어가는데도 그 자리에 그대로 앉아있었다. 보통은 못 본 척 그냥 지나치는데, 이상한 끌림에 경수는 아이에게 다가갔다. 엄마를 잃었느냐고 몇 번이나 물었지만, 아이는 고개만 가로저었을 뿐, 대답하지 않았다. 이름을 물었을 때야 겨우 대답했다.

"서아."

"서아야, 경찰서 가면 엄마 빨리 찾을 수 있어. 갈

래?"

"싫어. 엄마가 올 거야. 서아가 어디 있어도 다 보인
다고 했어."

경수는 경찰서에 가면, 맛있는 과자 많이 먹을 수 있
다는 말로 아이를 꾀었다. 아이가 한사코 싫다면서, 고
개를 잘래잘래 흔들었다. 경수는 왜 그때 자신이 아이
에게 마음이 끌렸는지 뚜렷하게 설명할 수 없다. 누군
가 경수에게 왜 귀찮게 아이를 데리고 있냐고 묻는다
면, 경수는 아마, 그냥 이라면서 머리를 주억거렸을 것
이다. 그날, 경수는 밤이 될 때까지 아이 곁에 있었다.
아이 엄마는 나타나지 않았다. 아이가 경찰서에는 한
사코 가지 않겠다고 우겼기에, 어쩔 수 없이 그날부터
지금까지 함께 살고 있었다. 아이 엄마가 얼른 나타나
야 하는데, 내년이면 학교에도 보내야 하는데, 잘못되
면 유괴범으로 몰릴 수도 있는데, 마음 한구석이 불안
했지만, 함께 산 날이 벌써 3년으로 접어들었다. 어쨌
거나 경수는 서아 덕분에 떠돌이 생활을 청산했다. 폐
차장 한 귀퉁이의 창고를 얻어서 살아가는 지금 생활
이 지극히 만족스럽다. 어떤 때는 자신이 정착하여 정
상인처럼 살아가는 게, 종종 의심스럽기는 했다. 그럴
때마다 여지없이 들려오는 서아의 까르륵 웃음소리가
분명한 현실이라고 일깨워 주었다.

아버지의 땅

경수는 노인뿐만 아니라, 서아에게 들어간 돈도 빠짐없이 자주색 수첩에 꼼꼼하게 기입한다. 나중에 이들의 진짜 가족이 나타난다면, 그동안의 경비를 어김없이 청구하여 되돌려받을 요량이다. 손해나는 장사가 아닌 것이다.

폐차장에서 노인을 발견한 건 서아였다.

경수는 노인이 어쩌다가? 왜? 폐자동차 안에서 잠들어 있었는지 모른다. 이름이 무엇이며, 어디에 살며, 가족이 있는지 혹은 없는지를 물었지만, 노인은 대답하지 않았다.

폐자동차는 전날에 들어와 있었다. 폐차장에서의 작업은 사업장마다 다르겠지만, 경수가 일하는 온누리 폐차장은 본부에서 점검을 마친 다음, 1, 2순위 작업을 끝낸 상태에서 경수에게 인계되었다. 경수가 마지막으로 쓸만한 부품들을 골라 떼어내고 나면 비로소 폐차는 완전한 고철로 전락한다. 노인은 밑바닥만 남은 깨지고 찌그러진 폐자동차 안에서 몸을 새우처럼 웅크린 채 잠들어 있었다. 경수는 폐차 밖으로 노인을 끌어낼 때 힘깨나 써야 했다. 노인이 두 다리에 힘을 주고 뻗댔다. 이유가 뭔지 모르겠지만 노인은 좀처럼 폐차 밖으로 나오려고 하지 않았다. 전날 저녁참에 들어온 폐자동차를 경수는 분명히 차 안쪽을 살폈다. 그때 노인은 없었다. 그렇다면 오밤중에 폐차 속으로 들어가 날이 밝을 때까지 잠이 들어있었다고 볼 수밖에 없었다.

경수가 보기에 노인은 길을 잃었거나, 퇴행성 뇌 질환을 그러니까, 치매 같은 병을 앓고 있는 것이 틀림없어 보였다. 노인을 잃고 애태우고 있을 가족들 생각에, 경수는 재빠르게 지구대에 신고했다.

노인을 경찰차에 태우면서 경찰은 경수에게 신고인 자격으로 지구대까지 동행할 것을 요청했다. 거절해도 된다는 토를 달기는 했지만, 일지와 경위서를 꾸밀 때 최초 신고자의 신원과 신고내용 확인이 필요하다고 했다. 경찰이 차 문을 닫으려는 찰나에, 서아가 같이 간다면서 냉큼 경찰차에 올라탔다. 경찰과 서아와 경수가 노인을 호위하듯이 감싸고 지구대 안으로 우루루 들어갔다. 여경 한 사람이 근무 중이었고, 지구대장은 보이지 않았다. 경수는 지구대 대장과 안면을 트고 지내는 사이였다. 언젠가 한 번 관내에서 자동차도난 사건이 있었을 때, 경수는 폐자동차 사이에, 교묘하게 숨겨져 있는 도난당한 자동차를 발견했다. cctv까지 제공하여 범인을 잡을 수 있도록 도운 적이 있었다. 그런 인연으로 알게 된 사이였다. 여경이 경위서를 작성하기 시작했다. 노인에게 성명과 주소를 물었지만, 노인

아버지의 땅

은 모른다고 했다. 재차 물었지만, 노인의 대답은 한결같았다. 노인을 어떻게 발견했는지, 신고인 경수의 진술도 간단명료하게 작성됐다.

성명 : 모름.

생년월일 : 모름.

주민등록번호 : 모름.

주소 : 모름.

20023년 5월 9일. 오전 10시 온누리 폐차장의 폐자동차 안에서 발견됨.

여경이 노인의 지문을 떴다. 지문을 조회하여 찾을 수밖에 없는 모양이었다. 범죄인이 아니면 지문 결과가 나올 때까지는 시일이 한참 걸린다고 했다. 경찰은 그동안 노인을 어떻게 보호할 것인가 사례들을 찾으면서 쑥덕쑥덕 의논했다. 치매인 듯하니, 병세로 보아 요양병원이나 치매 전문병원에 입원시키는 게 도리일 테지만, 문제는 신분이 확실하지 않다는 데 있다는 소리가 경수의 귀에까지 들렸다. 어떤 절차를 밟아야 하는지 지구대 대장이 들어오면 알 수 있다고 했다. 어쨌거나 경찰이 노인을 책임질 테니, 신고인은 집으로 돌아가도 좋다고 했다. 서아와 경수가 지구대 문을 열고 밖으로 나오는데, 갑자기 노인이 번개처럼 따라 붙었다. 서아의 손목을 꽉 잡고 소리쳤다.

"태민아, 같이 가."

"태민이 아니야. 나, 서아야."

서아도 마주 소리쳤다. 놀라서 뛰어나온 여경이 노인을 잡았다. 여경이 서아의 손목에서 노인의 손을 떼어 놓으려고 했지만, 그럴 수 없었다. 노인은 서아의 손목을 절대 놓지 않았다.

여경이 노인을 살살 달랬다.

"할머니, 걱정하지 마세요. 저희가 잘 보살펴 드릴게요. 편히 계실 곳을 찾고 있어요. 좋은 곳 찾아서 잘 모실게요."

"이 년아, 배고파. 천하 나쁜 년아, 시어미도 굶기는 년이 말이 많아. 밥 줘, 밥. 배고파."

노인이 큰 소리로 말했다. 모두 깜짝 놀랐다. 비실비실하던 노인의 모습은 간데없었다. 마치 지독한 잠속에 빠져있다가 갑자기 깨어난 사람 같았다. 여경이 예, 예, 할머니를 반복했다. 여경이 서아의 손목을 꽉 잡고 있는 노인과 손목을 잡힌 서아를 살금살금 지구대 안으로 데리고 들어갔다. 경수는 서아가 걱정되어서 지구대 안으로 다시 들어갈 수밖에 없었다. 여경이 할머니 뭐 드시고 싶냐고 물었을 때, 노인은 쌀밥, 쌀밥, 곰탕, 곰탕을 연달아서 말했다. 오래 걸리지 않아서, 곰탕이 배달되어왔다. 그제야 서아의 손을 놓은 노인은 며칠을 굶은 사람처럼 곰탕 국물을 연거푸 떠먹고 고기까지 씹어 먹었다. 그 모습을 물끄러미 보고 있던 여경이 노인에게 물었다.

"할머니, 맛나세요?"

"그럼. 맛나지."

"할머니, 치아가 좋아 보여요. 평소에 치아 관리를 잘 하셨나 봐요."

"그럼, 그럼. 내가 이빨 복 하나는 타고 났어."

쌀밥과 곰탕 한 그릇을 깨끗하게 비운 노인이 지구대 의자에 눕더니, 이내 잠이 들었다. 경수는 노인이 잠든 다음, 서아를 데리고 폐차장으로 돌아왔다. 그날 늦은 오후, 해가 기울고 있을 때였다. 경찰차 한 대가 온누리 폐차장 맨 끄트머리, 경수가 일하는 곳으로 들어왔다. 마침 서아도 경수 곁에서 폐운전대를 잡고 자동차 운전 놀이를 하고 있었다. 경수는 저들은 여기가 자기네 주차장으로 알고 있냐면서, 경찰차를 쳐다보았다. 여경과 경찰이 내리더니 뒷좌석에서 노인이 내리는 걸 부축했다. 노인이 서아를 알아보고는 히죽이 웃었다. 그리고 거침없이 서아 곁으로 갔다. 곧바로 서아 손을 꼭 잡았다. 서아가 잡힌 손을 빼려고 하다가, 이내 포기한 듯 가만히 있었다. 여경이 경수에게 다가오더니 사정을 설명했다. 양해를 구했다.

"할머니가 여기에 오시겠다고 떼를 썼어요. 아무리 달래도 다른 곳에는 안 간대요. 하는 수 없이 저희 지구대 대장님이 할머니를 여기로 보냈는데요, 가족을 찾을 때까지만 할머니를 보호하고 계시면 지구대의 예비비로 보상을 해 드린다고 합니다. 며칠 걸리지 않을 거여요. 며칠만 모시고 계시면 됩니다. 만약 보호자가 나타나지 않는다면, 그때는 계실만한 요양원을 알아보고, 서류 보내고, 수용 가능한 회신을 받는 등 절차를 밟아갈 겁니다. 시간이 더 걸리겠지만요. 할머니 지문 뜬 것도 지금 조회 중이니 아마 금방 연락 올 겁니다. 거듭 말씀드리지만, 오래는 안 걸릴 겁니다."

"나보다 우리 서아에게 부탁하세요."

여경이 서아에게 다가갔다. 그때도 노인은 서아의 손을 놓지 않았다.

"서아랬지? 할머니 서아랑 같이 지내도 되겠니?"

서아가 경수를 쳐다보았다. 경수가 고개를 끄덕였다. 서아가 노인을 바라보면서 배시시 웃었다. 그다음 서아가 여경을 쳐다보면서 말했다.

"좋아요."

경찰은 노인을 서아에게 떠넘기고 지구대로 돌아갔다. 경수는 노인을 데리고 집으로 사용하고 있는 창고 방이 있는 쪽으로 걸어갔다. 노인에게 손목을 꼭 잡힌 서아가 노인과 나란히 걸으면서 경수를 힐끔 쳐다보았다. 경수는 괜찮다는 듯, 서아에게 빙긋 웃어주었다.

창고방은 옷과 신발, 갖은 살림살이 등 집기들이 너저분하게 늘어져 있었다. 아무렇게나 쌓여있기도 했다. 집안을 쓱 둘러보면서 노인은 집안 꼴이 이게 뭐냐, 귀신 나오겠다, 주위를 깔끔하게 해놓고 살아야 복이 들어온다는 등 잔소리를 해댔다. 노인은 마치 오래오래 같이 살아온 친할머니나 외할머니처럼 굴었다. 경수는 어이가 없었지만, 노인이 하는 짓거리를 지켜보았다. 노인이 창고방을 정리하기 시작했다. 다듬고 매만지고 쓸고 닦는 일이 습관인 듯, 노인의 손놀림은 거침이 없었다. 오랫동안 만지고 보살펴서 손에 익은 살림살이를 정리하는 듯한 모습이었다. 만약 노인이 병을 앓고 있다면, 그 병이 알츠하이머라고 한다면 머리와 가슴이 기억한 것은 잃어버렸지만 몸이 익힌 습관은 잊어버리지 않았을 듯싶었다. 창고방은 차곡차곡 정리되었다. 간이침대 위에 아무렇게나 벗어 던진 옷가지가 단정히 개어지고, 한쪽 구석에 제멋대로 놓인 부엌살림도 끼리끼리 알맞게 정돈되고 있었다. 제법 부엌 같았다. 한쪽 벽면을 차지하고 있는 평상은 평소 안방처럼 편하게 앉거나, 눕거나, 놀거나 하는 쓰임새 많은 곳이다. 평상에는 항상 온갖 잡다한 물건들이 널브러져 있었는데, 노인이 깜쪽 같이 정돈했다. 찌꺼기가 말라붙은 컵라면이 뒹굴고 있던 식탁마저도 말끔했다. 노인은 신이 나 있는 듯했다. 창고방에 아무렇게나 흩어져 있는 물건들 모두가 노인에게 승복하는 듯했는데, 마치 선생님 말씀 잘 듣는 아이들처럼 고분고분했다. 경수는 조금은 뜨악하고 언짢은 심정이 되어 노인을 바라보았다. 뭔진 모르지만, 노인의 행태가 경수의 마음 한구석을 몹시 긁어대고 있었지만, 경수는 그 이유를 알 수 없었다. 노인은 창고방이 자신의 마음에 들 때까지 정리하는 듯했다. 바닥도 깨끗하게 쓸었다. 그때까지도 경수는 간이침대에 걸터앉아 있었다. 노인의 움직임을 멍하니 쳐다보고 있었다. 그러다가 후딱 정신이 들었다. 폐자동차에서 축전지를 수거하던 중이었다는 것을 떠올리면서 시계를 보았다. 고작 오십 분, 이 모든 것을 정리하는데 고작 한 시간도 채 걸리지 않았다는 사실에 경수는 놀랐다. 노인이 창고방을 정리 정돈하는 동안 시간이란 놈이 멈추어있다가 그녀가 청소를 끝냈을 때 다시 흘러가고 있다고 느낄 만큼 노인의 움직임은 물 흐르듯이 유연했다. 경수가 놀라움을 감추고 있는 그사이 또 노인이 냉장고에서 찾아낸 소시지에 달걀물을 입혀서 프라이팬에 지졌고, 찬장에 남아있던 김까지 꺼내어 서아에게 점심을 차려 주는

아버지의 땅

중이었다. 경수는 서아가 밥을 먹는 모습까지 지켜보았다. 무슨 일이 일어난 거야? 어쨌거나 알 수 없는 일이 일어난 듯싶었다. 그렇지만, 어쩐지 노인을 믿을 수 있는 것 같기도 했고 믿어서는 절대로 안 될 것 같은 마음이기도 했다. 어쨌거나, 비록 창고 방이었지만, 반들반들해 가는 모양이 보기 좋았다. 주부가 없던 집에 갑자기 알뜰한 주부가 생긴 것처럼 생각되기도 했다. 그때부터였다. 서아와 노인은 찰떡처럼 붙어있었다. 마치 오랫동안, 태어날 때부터 한집에서 같이 쭉 살아온 조손 같았다. 다만, 노인이 서아에게 태민이라고 자꾸만 불렀고, 서아는 자신은 태민이 아니고 서아라고 우길 때만이 티격태격 다투었다.

그 날밤, 경수가 사돈의 팔촌 친구쯤 되는 폐차장 사장과 만나서 이런저런 의논을 하고, 술도 한잔 걸치고, 밤늦게 헤어져 창고방으로 돌아왔을 때 노인은 자신의 간이침대를 팽개쳐두고 서아를 꼭 껴안은 채, 서아의 침대에서 자고 있었다. 경수의 눈에 그 모습이 그리 나빠 보이지 않았다.

경수가 서아와 노인을 데리고 폐차장으로 돌아왔을 때는 이미 날이 저물어가고 있었다. 노인은 어지러운 듯, 아니면 뭔가 생각나는 게 있기나 하는 듯, 소파에 앉아서 눈을 지그시 감고 있었다. 소파도 경수의 작품이다. 폐자동차에서 좌석을 꺼내어 노인의 몸에 맞게 나무를 덧대어 개조한 소파였다. 서아가 냉장고에서 망고주스를 꺼내어, 뚜껑을 열어서 노인에게 내밀었다. 노인의 입가에 엷은 미소가 떠올랐다. 경수는 저녁밥을 시켜 먹기로 했다. 그동안 노인이 챙겨주는 밥을 얻어먹은 게 탈이었다. 전에는, 그러니까 노인이 나타나기 전에는 곧잘 끼니를 챙겼던 경수였지만, 어쩐 일인지 문득 밥하기가 싫었다. 그동안 노인에게 길이 들여진 모양이었다. 이거, 큰일 났잖아? 경수는 뜨끔뜨끔한 속마음을 숨기고, 서아에게 물었다.

"서아, 저녁밥 뭐 먹을래?"

"짜장면, 탕수육, 할머니는?"

서아가 경수를 쳐다보았다. 경수가 고개를 끄덕였다. 서아가 노인에게 다가가 물었다.

"아빠, 할머니는 짬뽕이래. 아빠도 짬뽕 좋아해?"

녀석이 15년이나 된 회색 중형차가 들어왔다. 망가진 상태로 봐서 대형사고를 당한 듯했다. 경수는 밑바닥 뼈대만 남은 자동차를 쓰다듬으며, 나직하게 속삭였다.

"얼마나 아팠을까? 정말 고생 많이 했어."

자동차 맨 밑바닥에 눌러붙은 기름 찌꺼기와 축전지를 박박 긁었다. 폐건전지는 고철이 되지 않는다. 폐분리수거 품목이다.

폐차장에 실려 오는 차 모두 나름대로 내력이 있기 마련이지만, 경수는 태어나서 사람들을 위해서 일하다가 속절없이 망가져서, 폐차되는 자동차가 안쓰러웠다. 비록 폐자동차로 분류되어 고철로 전락하여 속절없이 사라지지만, 자동차에도 영혼까지는 아니더라도 그 비슷한 뭔가가 있을 듯싶었다. 뭔가가 남아서, 오고 갔던 수많았던 길과 타고 내린 수많았던 사람들을 그리워하거나 끔찍했던 사고에 몸서리치면서 어딘가에 떠돌고 있다고 상상하면서, 경수는 자신의 손길을 거쳐서 고철로 변한 모든 폐자동차들에게 조의를 표하곤 했다. 그동안 고생했어. 이제 편안히 쉬렴!

오래전 할머니가 말했다. 물건 함부로 하지 마라. 사람 손이 많이 닿은 물건에는 영이 깃들어 도깨비가 되어서 따라다닌다. 얼굴도 가물가물한 할머니가 불현듯이 그리웠다.

경찰차가 오고 있었다. 경찰차에서 여경이 내렸다. 성큼성큼 경수에게 다가오더니 말했다. 노인의 지문을 뜨고 조서를 꾸민 경찰이었다.

"지문 조회결과가 나왔습니다. 지구대까지 동행해

주시면 고맙겠습니다. 죄송하지만, 부탁드립니다."

"전화로 말하면 될 것을 굳이 데리러 왔어요?"

"지구대 대장님이 모셔오라는 명령입니다. 확인하고 의논해야 할 일이 있다 합니다."

"먼저 가세요. 뒤따라 갈게요."

경수는 창고 방으로 갔다. 서아와 노인이 서로 붙다시피 하면서 점심준비를 하고 있었다. 서아에게 점심은 안 먹는다고 말한 다음 낡은 자동차에 올랐다. 경수가 지구대에 도착했을 때는 점심시간이 막 지난 듯, 실내에 반찬 냄새가 풀풀 났다. 아마 배달음식으로 점심을 해결한 모양이었다. 지구대 대장이 경수를 보고 반가운 표정으로 말했다.

"오느라 수고 많았소, 그동안 별일 없었지요?"

수인사를 건네면서, 경수가 자리에 앉기를 권했다. 그리고, 지구대 대장이 애매하게 웃었다. 순간 경수는 저 웃음은 뭘 의미할까? 유추해봤지만 생각나는 게 없었다. 궁금함을 꾹 참고 경수는 지구대 대장을 바라보았다. 이윽고 대장이 입을 열었다.

"할머니는 잘 계시지요?"

"예, 뭐, 그럭저럭 지내시고 계세요."

"지문조회에 문제가 좀 있어서 오래 걸렸어요. 글쎄 말입니다. 그 할머니 이미 죽은 사람이었어요. 그래서 찾는데 애 좀 먹었어요."

"예에? 뭐라고요? 이미 죽은 사람이었다라고요?"

놀란 경수의 되물음에 대장이 대답했다.

"불행하게도 사망신고가 되어 있었어요."

"아니, 살아있는 사람을 어떻게 사망했다고 신고할 수 있답니까? 사망진단서가 있어야, 신고를 할 수 있을 거 아닙니까? 도대체 누가 그딴 허위신고를 했대요? 이거 범죄 아닙니까?"

"범죄죠. 천인공노할 심각한 범죄죠."

"도대체 누가 그딴 신고를 했대요?"

경수의 목소리가 커졌다. 대장은 분노인지 허탈감인지, 사나운 절망감인지에 휩싸인 것처럼 한동안 아무런 말도 하지 않았다. 그러다가 느릿하게 말했다.

"역학조사 결과에 따르면 말이죠. 할머니의 아들이 범인이에요."

"그럼 얼른 잡아야죠. 도대체 경찰은 뭐하고 있어요?"

"그게 말이죠, 경찰이 잡기 싫어서 안 잡는 게 아니고요. 그 아들놈이 외국으로 이민을 갔어요. 그것도 저 아프리카 어딘가에 있는 공화국이라는데요. 우리나라와는 범죄양도조약도 맺지 않았고, 연락도 닿지 않고, 완전히 오리무중 상태예요. 모든 재산 처분하고, 할머니 이름으로 들어놨던 사망보험금도 제법 큰 액수였는데, 싹 찾아갔다는데요. 시쳇말로 완전범죄고 거기다 먹고 튀어버린 셈이죠."

　지구대 대장이 한숨을 내뱉었다. 경수는 그가 애매하게 웃었던 이유를 알 것 같기도 했지만, 비로소 폐자동차도 아닌 노인을 어떻게 해야 하는지, 난처한 상황에 빠졌다는 사실을 깨달았다. 경수는 답답하기 그지없었다. 이제부터 노인의 신세가 어떻게 될지, 누구와 살아야 하는지 감을 잡을 수 없었다. 경수는 지푸라기 잡는 심정으로 말했다.

　"의사는요? 사망진단서 발급한 의사 말입니다. 그는 뭐라도 알 거 아닙니까?"

　"그게 말에요. 그런 의사는 없었고 위조한 사망진단서였답니다. 돈만 주면 그런 일쯤은 일도 아니랍니다. 그런 범죄자들이야말로 우선 박멸 대상인데 말이죠. 법이 참 가벼울 때는 한없이 가볍고, 무거울 때는 잔인하게 무겁고 그렇네요."

　"옆 길로 세지 마시고요, 그나저나 할머니는 이제 지구대에서 알아서 하시고요, 그동안 들어갔던 경비나 정산해 주시죠."

　"그래야죠. 그런데 그 할머니 어쩐대요? 살아 있는 사람을 죽은 사람이라고 할 수도 없고요."

　　　　　　　　　　　아버지의 땅

"그거야, 경찰이나 정부에서 알아서 할 일이죠. 그러라고 국가가 있고, 정부가 있는 거 아니겠어요?"

"그렇기야 하죠. 그동안 알아봤는데요, 뾰족한 수가 없어요. 죽지 않고 살아있다는, 사망 취소소송을 해야 하는데요, 그게 엄청 어려워요. 서류가 갖추어지고, 증언할 수 있는 증인이 확보되면 재판을 해야 합니다. 예삿일이 아니에요. 차라리 호적을 다시 만드는 게 더 쉬워요."

경수는 자리에서 일어섰다. 더 있다가는 노인을 계속 맡아 달라는, 경수의 호적에 노인을 올려달라는, 잃어버렸던 경수 어머니를 찾았다는 증인이 되어 주겠다는 말이 지구대 대장 입에서 나올 것만 같았다. 지구대 밖으로 나가는 게 수였다. 경수는 지구대 문을 밀면서 주머니에 손을 넣었다. 수첩이 있었다. 깜박할 뻔했다. 경수는 수첩을 꺼내 대장 책상 위에 놓았다. 대장을 쏘아보면서 말했다.

"할머니 모셔올 게요. 그동안의 경비 확실하게 계산해주세요."

이제 노인과의 관계는 끝났다. 어쩔 수 없는 일이다. 정신이 오락가락하는 상노인과 어떻게 같이 지낼 수 있겠는가? 만약 아프기라도 하면 그 병시중은 고사하고 그 성가심을 어떻게 감당하려고? 애초에 노인을 떠맡게 된 일, 그것 자체가 바보짓이었다고 경수는 생각했다.

경수는 폐차장으로 돌아오는 내내 심란했다. 까짓거 노인은 아무래도 좋았다. 처음부터 아무런 연고도 없는 모르는 사람일 뿐이라고 생각하면 그만인 것이다. 그렇게 마음을 정했는데도 뭔가가 자꾸만 꺼림칙해지는 것은 도대체 뭔 까닭일까? 꼭 폐자동차가 납작하게 눌리는 것을 지켜볼 때처럼 마음이 언짢았다. 어쨌든 경수는 마음이 편하지 않았다.

창고 방에는 노인이 밀가루를 치대고 있었다. 서아 손가락에도 밀가루가 한가득 묻었다. 아마도 두 사람은 반은 반죽하고 반은 장난치며 놀고 있었던 모양이다. 서아가 경수를 쳐다보고 헬쭉 웃으며 말했다.

"아빠, 수제비야."

수제비는 말랑말랑하고 맛이 있었다.

경수는 저녁을 먹고, 폐차장 마당에 섰다. 봄밤이다. 하늘에는 상현달이 떠 있었다. 푸르스름한 달빛이 마당에, 버드나무에 내려앉아 있었다. 바람이 살랑거리면서 옷깃을 스친다. 경수는 아늑하게 느껴지는 봄밤의 바람이 좋았다. 편안했다. 따뜻한 품속에 안긴 듯했다.

봉고차 소리가 들렸다. 재경의 노랑색 봉고차가 오고

아버지의 땅

있었다. 봉고차 노랑 지붕이 하얗게 빛났다. 어느 사이다가 온 봉고차에서 재경과 수빈이 훌쩍 내렸다. 수빈이 경수를 보고 두 손을 앞으로 단정하게 모으고 배꼽인사를 했다.

"아저씨, 안녕하세요?"

"수빈이 왔어, 그사이 몰라보게 컸다."

재경이 웃으며 말했다.

"참 형도, 그저께 봤는데, 그사이 많이 컸다고? 하여튼 뻥이 세요."

"모르는 소리 마, 아이들에게는 무조건 많이 컸다고 말해 주는게 예의야."

"하여튼, 말을 말아야지."

"근데 어쩐 일이야?"

"수빈이가 서아랑 할머니 보고 싶다고 하도 졸라서 왔어. 오는 길에 과자랑 맥주 샀지. 형이랑 한 잔 땡기려고."

재경과 경수가 얘기하는 사이에 수빈이 창고방으로 뛰어가고 있었다. 봉고차에서 맥주와 과자를 꺼낸 재경이 앞서서 창고방으로 들어갔다. 서아와 수빈의 웃음소리가 까르르 까르르, 창고방에 떠돌고 있었다. 평상도 들썩 쑥덕거렸다. 아이들이 노인 옆에 과자봉지를 헤쳐놓고는, 집어먹고, 노인의 입속에도 과자를 넣어주면서 떠들어대었다. 그리고, 실뜨기 놀이를 하기 시작했는데, 수빈이 손가락에 실이 감기고, 서아가 손가락으로 실을 뜨려는 듯했다.

경수가 식탁에 술상을 차렸다. 머그잔 두 개, 김, 소시지, 스낵이 차려진 간단한 상이었다. 술상을 내려다본 재경이 말했다.

"술잔이 두 개뿐이네. 할머니도 한 잔 하셔야지요. 밖에는 달도 환장하게 밝고."

경수가 다시 찬장에서 머그잔 하나를 가져다 식탁 위에 놓았다. 재경이 맥주병을 따고, 머그잔 세 개에 맥주를 따랐다. 재경이 맥주 한 잔을 노인에게 건넸다. 노인이 거침없이 맥주를 쭈욱 들이켰다. 재경이 튀김 과자를 노인에게 건넸다. 노인의 얼굴에 웃음이 번졌다.

경수가 재경에게 물었다.

"수빈엄마 소식은 들었어?"

"아니, 그럴 사람이 아닌데, 소식이 없어. 형, 언젠가는 만나겠지?"

"그렇지, 언젠가는."

"살아있을 것 같지가 않아, 형. 느낌이 그래."

"나쁜 생각 마, 우리도 이렇게 다시 만났잖아. 생각나? 그때 우리 참 많이 울었는데, 그래도 원장놈 그만

하면 괜찮은 편이었어."

"배고파서 먹을 것 찾다가 좆나 맞았는데, 그런 말이 나와? 보육원 원장놈들은 다 그렇고 그래. 삥땅쳐야 떼먹을 거 아냐? 나라도 그러겠다. 이해는 가. 세상 사람들 돈 준다면 발가벗고 서울 한복판에도 돌아다닐 걸. 근데 형은 왜 결혼 안 하는 거야?"

"안 하긴? 못하는 거야. 순탄하게 가정생활 할 자신은 더욱 없고."

"뭐? 별건가? 어렵지 않아. 뭐든 아내 말, 잘 듣고, 그냥 되는……."

재경이 문득 말을 멈추고서, 머리를 주억거렸다. 경수를 빤히 쳐다보다가, 이내 고개를 돌리고 아이들이 놀고 있는 곳을 바라보았다.

아이들은 노인의 이마를 만지고 있었다. 서아 목소리가 들렸다.

"할머니, 아파?"

"아니야. 할머니, 안 아파. 술 먹어서 그런 거야."

수빈이 말했다. 노인 곁에는 맥주병이 두 개나 세워져 있었다. 얼굴이 발그레한 노인이 자꾸만 히죽히죽 웃었다. 달빛이 깊숙이, 평상까지 들어와서 놀고 있었다. ✤

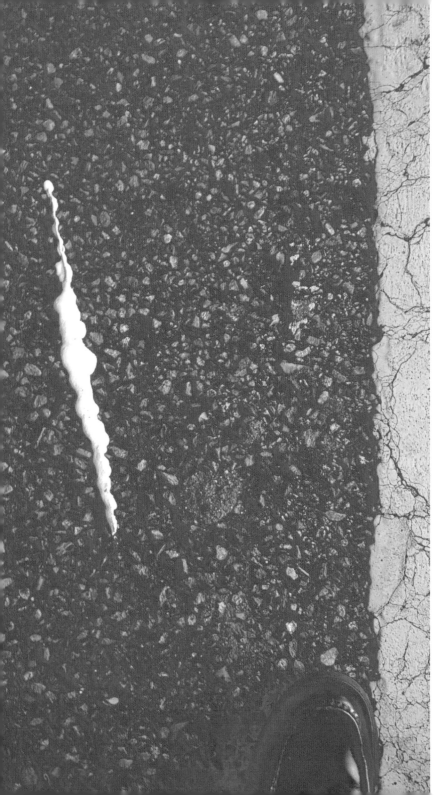

중편소설

아버지의 땅

아버지의 땅

1

— 누나, 은수 누나, 아버지가 위독하시다고 해.

스피커폰 속에서 흘러나오는 동생의 목소리가 떨렸다. 오밤중이었고, 은수는 작업 중이어서 스피커폰을 켠 채 통화했다. 동생 희수는 천사요양원에서 걸려온 전화로 아버지가 위독하다는 상황을 알았으며, 지금 요양원으로 가는 중에 전화한다고 했다.

아무래도 이번엔 정말로 가시려는 것 같아. 느낌이 그래. 누나도 곧바로 올 거지?

은수는 알았다고 대답했다. 먼저 가서 상황을 살펴보라, 전에도 몇 번 이런 일이 있었지 않았니? 겁먹지 말고 아버지의 상태를 잘 살펴보아라, 특히 밤 운전 조심히 하라는 당부의 말을 덧붙이고 난 다음 전화를 끊었다.

  겁먹은 듯한 동생의 목소리를 들었을 때 은수도 약간의 두려움을 느꼈다. 열심히 만들고 있던 토우, 거북이 목이 뭉개졌다. 거북이는 도로 진흙 덩어리가 되었다. 도자기 전시회를 준비하는 토사모(옛 도자기를 사랑하는 모임) 회원들은 개개인이 따로따로 가마를 사용하게 되면 비용이 많이 들 테니, 출품할 작품들을 한꺼번에 가마에 넣어서 굽자고 했다. 가마를 빌리는 돈은 회원들이 조금씩만 추렴한다면 충분하다고 했다. 회원들의 환영을 받을 만했다. 도자기가 가마에 들어갈 날짜가 코앞으로 다가와 있었다. 하루밖에 남지 않았다. 은수는 초벌구이 가마에 서너 작품의 도자기이라도 넣으려면 서둘러야 했다. 짬짬이 하던 작업을 시간을 내어 몰두할 수밖에 없는 처지에 놓여있었다. 이번 가마에 은수가 넣고자 하는 도자기는 뚜껑 부분에 토끼 모형 토우와 거북이 모형의 토우, 그리고 기러기 두 마리를 얹은 달항아리를 닮은 자그마한 술병 하나, 이렇게 세 개를 준비하고 있었다. 은수가 특별히 정성을 쏟은 작품은 달항아리를 흉내 낸 기러기 토우가 앉은 작은 술병이었고, 그 기러기들은 온전했다. 은수는 까짓거 정 안 되면 가마에 하나만 넣는 것도 괜찮지, 싶었다.

은수는 솔직히 말해 짜증이 났다. 순탄하지 않았던 아버지의 인생이 끝장에 와 있을지도 모른다는 애달픈 마음보다는, 은수 자신이 하는 작업이 더욱 중요했다. 화가 났다. 지금 작업을 멈추고 아버지의 임종을 지키기 위하여, 아버지가 입원해 있는 요양병원으로 달려가야 한다는 것은 무릇 부모 된 자가 자식에게 행하는 뜬금없는 폭력일지 모른다는 생각까지 들어서, 은수는 화가 치밀었다. 하지만 아버지가 운명할지도 모르는 심각한 순간이다. 어쩌면 이 세상에서 마지막으로 보게 될 그 얼굴, 혹은 마지막 유언이 될지도 모르는 음성, 그 한마디 말을 들으러 가는 게 도리일 터였다. 그러함에도 불구하고 가기 싫다고 화를 내고 또 투덜거리는 자신을 은수는 어떻게 해석해야 할지 문득 아득해졌다. 이러한 자신의 마음가짐에 대하여 은수는 아주 잠깐 곰곰 생각해보았다. 막상 아버지가 돌아가시고 나면 자신의 마음이 어떻게 변할지 모르겠지만 지금 당장은 이 생각이 불효이거나 더 나아가 패륜에 가깝다고 여겨지지는 않았다. 왜냐면 그동안 은수는 아버지가 힘든 고비를 넘길 때마다 거의 아버지와 함께 있었고, 힘닿는 데까지 아버지께 도움이 되려고 노력했다는 자만심 같은 게 마음속에 도사리고 있기 때문일 터였다. 그리고 은수는 아버지에게서 받은 게 그리

아버지의 땅

많지 않다는, 혹은 아예 없었다는 것까지 떠올렸다.

그다음 설사 낳아준 은혜가 태산같다는 옛말을 인용할지라도, 태산같다는 그 은혜 제법 같지 않았을까? 하는 얕디얕은 계산법이 심중에 작용했을 수도 있다고 은수는 자기 자신을 분석했다.

적지 않았던 아버지의 재산은 새어머니들을 들이는 데 거의 다 쓰였다. 외가의 도움으로 겨우 학업을 마칠 수 있었던 은수는 행정공무원으로 시청에 근무하면서 동생들 뒷바라지를 하느라고 쉬는 날에도 아이들에게 영어와 수학을 가르치면서, 한 푼이라도 더 벌기 위해서 억척을 떨었다. 그 짜디짠 봉급으로, 갖은 민원에 시달리면서 동생 둘의 학비를 마련하느라 결혼마저 아주 뒤늦게 했기에 아이를 가질 수 없었다. 그래도 힘든 줄 몰랐다. 동생들이 반듯하게 제자리를 잡아가는 모습이 정말 보기 좋았는데, 그들에게 신경 쓸 필요가 없어지고 난 다음부터 은수는 살아가는 일에 별스러운 의미도, 재미도, 느낄만한 일이 없었다. 그랬던 은수가 몇 년 전 어느 봄날에 우연히 도예전에 구경 갔다가 도자기에 빠져들었다. 흙을 만지면 이상하게도 마음에 묘한 안정감과 편안함이 찾아들었다. 그냥 좋았다. 계속, 계속 흙을 조몰락댔다. 차 종지도 만들고 술병도 만들고 흙으로 만들 수 있는 그릇이나 도자기를 만지

작대고 있으면 시간이 어떻게 흘러가는지 알 수 없을 만큼 몰두하게 되는 게 좋았다. 뒤늦게 도자기 만들기를 시작한 은수였지만, 하여튼 은수는 흙을 만지면 놀랄 만큼 기분이 좋았다. 정년퇴직만 하면 시간이 남아돌 것이라 좋아했는데, 그렇지도 않았다. 매일매일 해야 할 일이 쌓였다. 이상한 일이었다. 은수에게 시간은 항상 부족한 무엇이었는데, 정답을 쓰지 못한 시험문제 같았다.

　지수에게 아버지의 위독함을 알렸는지 희수에게 물어보진 않았다. 은수는 여동생 지수의 핸드폰으로 통화 신호를 보냈다. 지수는 냉큼 전화를 받았다. 성격이 급한 지수는 평소 미적거리는 것을 싫어했다. 지수가 선제공격 날리듯이, 대뜸 치고 들어왔다.

　"언니, 아버지 땜에 전화했지?"

　"그래, 먼저 요양원에 가 있어. 난 조금 늦을 거야."

　"나도 일이 있어서 빨리는 못 가."

　"하여튼 바삐 좀 움직여서 가봐. 나는 조금 늦게 갈 수밖에 없는 사정이 있어. 먼저 가서 아버지를 돌보아. 급하면 전화하고."

　"알았어. 미수는? 연락했어?"

　"네가 해."

　그랬다, 배다른 동생 미수가 있었다. 미수는 아버지

가 유일하게 아끼고, 감싸고, 뒷배가 되어주면서 사랑했던 아이였다. 미수를 만난 게 언제였더라? 사실을 말하면 은수는 미수와 가까이 지내본 적이 없었다. 미수가 태어났을 때 은수는 외가에서 중학교에 다니고 있었다. 은수는 처음 미수를 보았을 때를 기억해 냈다. 미수가 태어나고 넉 달이 지났을 무렵이었고, 추석날이었다. 피부색이 붉고, 조그맣고, 머리카락이 유독 까만 여자아이가 방글방글 웃고 있었다. 그동안 미수의 백일잔치도 있었지만, 은수는 일부러 본가에 가지 않았다. 딱히 미수나 새어머니 임미자에게 유감이 있는 것도 아니면서 그랬다. 어쩌다 본가에 들리면 쪼그만 미수가 마당이나 마루에서 아장아장 걸어 다니거나 임미자 새어머니 등에 업혀있는 모습을 볼 수 있었다.

은수는 만들다 만 거북이 모형을 완성했다. 술병뚜껑 한쪽 위에 조심스럽게 얹었다. 맙소사, 은수가 손을 떼자마자 바닥으로 툭 떨어진다. 급히 주워들었지만, 또다시 목이 부러져 있었다. 벌써 네 번째다. 수분이 너무 증발하여 찰기가 없어진 탓일까? 쫀득쫀득한 찰흙에 물을 흠뻑 바른 뒤 비닐봉지에 담았다. 일손을 잠깐 놓자, 아버지 얼굴이 떠올랐다. 이번에도 아버지는 괜찮겠지, 전번처럼 또다시 회생하시겠지, 은수는 문득 창문을 열었다. 찬바람이 휘익 몰려들었다. 바람 살이

몹시도 차갑다. 창을 잡은 손과 볼이 얼얼했다. 바람
속에는 좁쌀처럼 작고 차가운 알갱이가 섞여 있었다.
뭐지? 은수는 하늘을 올려다보았다. 새까맣다. 달도
별도 없는 시커먼 공중에 하얀 쌀가루 같은 게 희끗희
끗 날리고 있었다. 아니 벌써? 서리가 내리는가? 싸락
눈이라도 내리는가? 둘 중 하나일 게 뻔했지만, 아직
상강이 지나가지도 않았다. 갑자기 낮아진 기온 탓이
지만, 지금은 늦가을이다. 눈이 내릴 시기가 아니었다.
절기가 앞당겨졌나? 은수는 미심쩍어서 자꾸만 하늘
을 올려보았다.

   그런데, 그런데 난데없이 아버지가 창밖에 서 있었
다. 깜짝 놀랐다. 이게 무슨 황당한 꿈이란 말인가? 아
니면 환영인가? 은수는 창밖을 뚫어져라, 응시했다.

   아버지는 싸락눈을 흠뻑 맞아서 머리고 옷이고 모두
하얗다. 눈사람 같은 새하얀 아버지가 두 팔을 활짝 벌
리고, 함박웃음을 짓고는 은수에게 다가오고 있었다.
은수를 번쩍 들어 껴안고서 맴을 돌았다. 빙글빙글, 은
수는 한 마리 새처럼 공중으로 날아올랐다.

   오랫동안 은수의 가슴에 새겨진 도장처럼, 각인 되어
있는 장면이었다.

   어린 은수가 정미소로 아버지를 찾아가면, 하얀 밀가
루, 보릿가루, 쌀가루를 뒤집어쓴 아버지가 환하게 웃

으면서 은수를 껴안았다. 우리 은수 왔구나! 아버지는
은수를 머리 위까지 번쩍 들어 올려서 빙빙 맴을 돌았
다. 은수는 한 마리 새가 된 듯했다. 파랑새처럼 공중
을 훨훨 날아올랐다. 그때 아버지의 몸에서는 마른 보
릿대 냄새가 폴폴 흘렀다.

　은수가 동생들 뒷바라지에 힘이 들어도, 아버지가 재
산을 새어머니들 들이는 데 쏟아부어도 아버지에게 한
마디 원망도 하지 않았던 것은 은수의 뇌리에 각인돼
있는 아버지의 이 영상 때문일 수도 있었다. 아버지를
생각할 때면 언제나 심장 한구석이 훈훈했다는 사실도
은수는 기억해 냈다. 그 아버지가 지금 위독하다, 곧
돌아가실지도 모른다.

　은수는 비닐 속에 든 찰흙을 아무렇게나 빚어서 술병
뚜껑 위에 얹었다. 원하던 형상이 아니어도 상관없었
다. 배가 볼록하게 나온 달항아리 닮은, 조그만 술병
세 개를 탁자 위에 나란히 세운 다음 은수는 옷을 바꿔
입었다.

　앞으로 얼마나 더 아버지를 볼 수 있을까? 지금쯤 돌
아가셨을 수도 있었다. 설사 그렇다 하더라도 아버지
에 대한 기억만은 항상 마음속에 있을 것이고, 그 추억
들이 적지 않다는 사실에 은수는 마음이 놓였다. 그만
큼 아버지와 함께 보낸 시간이 많았다. 아버지와 함께

보낸 시간은 흐르고 흘러서 사라지는 것이 아니다. 시간은 다만 추억으로 변했을 뿐이다. 추억이 된 그 시간은 사라지지 않고 영원히, 항상 함께할 수 있다는 것이야말로 인간이 시간을 상대하는 최상의 경이로움이 될 것이다.

은수는 서랍 속에서 자동차 키를 꺼냈다. 아버지가 있는 요양병원까지는 자동차로 한 시간은 족히 걸리는 거리였다. 밖은 아직도 밤중이었지만, 요양원에 도착할 때쯤이면 날이 밝아오고 있을 터였다.

2

아버지에 대한 기억은 언제나 어머니의 장례식부터 시작된다.

밤중에 걸려오는 전화는 항상 불길했다. 어머니가 돌아가셨을 때도 한밤중이었다. 그때 은수는 겨우 중학 1학년에 막 입학하였고, 외가에서 중학교에 다니고 있었다. 외가는 중학교가 있는 읍내에 있었고 부모님이 있는 곳은 일가가 마을을 이루고 있는 면사무소 근처 동네였다. 부모님은 고향이기도 한 그곳에서 정미소를 운영하고 있었다.

아버지의 땅

새벽 두 시쯤에 연락을 받고, 택시를 대절하여 달려 갔을 때 어머니는 이미 절명한 뒤였다. 은수보다 두 살 아래인 남동생 희수와 다섯 살 아래인 여동생 지수는 잠을 자고 있었고, 여든이셨던 할머니는 넋이 나간 채, 멍한 것도 아니고 화난 것도 아닌 기묘한 표정을 짓고 있었는데, 치아가 다 빠져서 입과 볼이 움푹 들어가고 턱만 뾰족이 나온 얼굴에다 머리는 새하얀 백발이어서 무척이나 괴이쩍은 모습이었다. 은수는 뒤꼍에 사는 도깨비가 할머니의 형상을 하고있는 건 아닐까? 아니면 옛이야기 속의 귀물이 아무도 모르게 집안에 숨어들어서 할머니 행세를 하면서 어머니를 죽였지 않았을까? 의심 같은 상상에 사로잡히기까지 했다. 왜 그런 상상을 했을까? 지금 생각해보면, 할머니와 어머니 사이가 녹록하지 않았다는 사실을 어렴풋이나마 알고 있었기 때문이지 않았을까? 특별히 기억나는 사건은 없었다. 은수가 본가에서 초등학교에 다녔던 때였다. 부엌에서 울고 있는 어머니를 몇 번인가, 우연히 보았다. 어머니가 왜 울었는지, 지금도 그 이유는 모른다. 아버지가 어머니와 다투는 모습은 보지 못했다. 그렇다면 할머니와 갈등으로 어머니가 울고 있었을 수는 있다고 짐작해 볼 수밖에 없겠다.

어머니는 며칠 전부터 심하게 배앓이를 했는데, 갑자

기 생피를 한 대야나 쏟고는 숨을 놓았다고 했다. 그때 어머니의 나이는 겨우 서른 아홉이었다. 서른 아홉! 죽기에는 진실로 아까운 나이였다. 요즘같이 의학이 발달하고 동네마다 의원이 들어서 있었다면 어머니가 앓았던 배앓이쯤은 아무것도 아니었을 수도 있었다. 어머니는 거뜬하게 일어설 수 있었을지도 모른다. 어쨌거나 은수는 장례가 끝날 때까지 몹시 슬퍼했거나 서럽게 울었던 기억 같은 것은 별로 없었다. 그렇지만 어린 두 동생은 엄청나게 울어댔다. 둘이 상여를 부여잡고 하도 울어대서 동네 사람들이나 친척들도 다 같이 울 수밖에 없었다는 얘기는 고향에서는 오래된 고전이 되어있다. 그 당시 고향 마을에는 요즘 흔하게 볼 수 있는 장례식장 같은 건 없었다. 그런 시절이었다. 초상이 나면 장례는 의례 초상난 집에서 삼일장이나 오일장을 그 집 형편에 맞게 치르는 게 보통 있는 일이었다. 동네 사람들이나 친인척들은 메밀묵 한 판이나 막걸리 한 동이나 시루떡 한 함지 등으로 부의를 했다. 동네 사람들과 친인척들 혹은 조문객들마저 일손을 거들고 나섰기에, 조문객이 한꺼번에 몰려들어도 일손이 크게 모자라지 않았다. 조문객이라고 해봐야 근동에 사는 사람들과 친인척이 대부분이긴 했다.

은수는 어머니의 장례의식을 치를 때의 아버지를 기

억한다. 장례 내내 침울한 얼굴로 펑펑 울었던 아버지를 어떻게 잊을 수 있으랴? 누군가 위로의 말을 건네기라도 할라치면 눈물부터 펑펑 쏟아내었기에 장례가 거행되는 동안, 초상집은 무척 평온했다. 왜냐면 조문객이나 친인척들이 아버지의 '펑펑눈물' 앞에서 다투거나 놀음 같은 것을 하지 않았기 때문이다. 그 당시 시골 동네에서 장례의식을 치르는 초상집에서 벌어지는 화투판이나 놀음은 흔한 모습이었다. 술이 귀한 시절이었는데 초상난 집에는 술이 지천으로 널려있었기에, 취중시비도 곧잘 일어났다. 그것 또한 예사일인 듯 치부되곤 했었지만, 어머니의 장례 기간에는 아버지가 하도 펑펑 울어대었기에 그 같은 짓거리를 막아주었던 셈이다. 아버지는 왜 펑펑 울었을까? 아버지가 어머니를 끔찍이 아꼈다거나, 사랑했다는 것은 잘 모르겠다. 어쩌면 마음껏 아껴주고 사랑하지 못했다는 자책감이었지 않았을까도 생각해보았다.

어머니의 장례가 진행되는 동안 잊을 수 없었던 장면 하나가 떠오른다. 아직도 은수는 할머니의 괴상한 행동을 이해할 수 없다. 그것을 이해하려면 지금보다 조금 더 나이를 먹고 난 다음 정말로 철이 들어서 진실로 사람의 삶을 이해하는 안목이 높아진 다음에야 가능할 것이라는 생각을 하게 된다. 언제쯤이면 철이 들까?

얼마나 더 기다려야 지금보다 좀 더 인간이라는 유기체를 이해할 수 있게 될까? 칠순의 나이가 지나면 철이 들까? 어쩌면 그런 시절은 오지 않을 수도 있을 것이라는, 생각이 들어서 은수는 가끔 우울해지곤 했다. 마치 넘어갈 수 없는 절벽 앞에 서 있는 듯했다.

지금도 어제 일인 듯, 그때 일을 생생하게 기억할 수 있다. 그때 은수는 중학교 일학년이었다. 은수는 고모와 작은어머니가 어머니의 시신을 정성껏 닦는 모습을 지켜보았다. 눈물은 나지 않았다. 염이 끝나고 습을 할 때는 올이 곱고 색깔이 노르스름한 삼배 수의를 어머니 시신에 입혔다. 손을 삼배로 감싸고 창백한 빛깔로 반짝이던 발에도 코가 뾰족하니 예쁜 삼배 버선을 신겼다. 노르스름하게 빛나는 수의를 속옷부터 두루마기까지 모두 갖추어 입고 삼베 이불에 꼭꼭 감싸인 어머니가 얼굴만 환하게 드러내놓고 있을 때 같은 동네에 살고 있던 할아버지 염장이가 들어왔다. 염장이가 어머니의 입속에 쌀 세 숟갈을 넣으면서 외쳤다. 천석이오, 이천석이오, 삼천석이오. 그다음 어머니의 얼굴을 삼배 면포로 덮었다. 그것이 은수가 마지막으로 본 어머니의 얼굴이었다.

어머니의 시신이 입관된 관은 대청마루 맨 안쪽에 안치되었고, 그 앞에는 진한 먹글씨가 굵직하게 쓰인 병풍이 활짝 둘러쳐져 있었다. 그때 은수는 나름대로 어머니의 죽음을 애도하느라고 애쓰고 있었다. 뜬눈으로 이틀을 보냈다. 어른들이 시키는 대로 고분고분 따랐다. 절하라면 절하고 술 올리라면 술 올리고, 울어야 할 시간이 되면 애고애고 울고 (사실 은수는 소리 내어 애고애고 울지는 못했다. 고모나 작은어머니가 애고애고 울 때 은수는 아마도 흑흑이나 잉잉 울었을 것이다.) 또 절하고 울 시간이 되면 또 울고. 술 올릴 시간 되면 또 술 올리고, 정해진 절차대로 장례식이 착착 진행되었다. 가슴을 억누르는 팽팽한 긴장감으로 이틀이 지났다. 은수는 온몸을 감싸는 긴장감이 피로감에 내몰려서 조금 느슨해졌을 때, 쏟아지는 잠을 이기지 못했다. 사람들 눈을 피해 다락방 구석에서 잠이 들었다가 깨어났을 때는 오밤중이었다. 은수는 죄지은 사람처럼 다락에서 살금살금 내려왔다. 조문객들로 북적대던 마당도 텅 비어 있었다. 내리 이틀을 북적였으니, 그들도 피곤했을 만했다. 은수는 빈소가 차려진 대청마루 쪽으로 갔다. 아버지가 꾸벅꾸벅 졸고 있었다. 아버지마저도 전날과 그 전날에 슬픔과 긴장으로 녹초가 되었던 탓에 피로감을 이기지 못했을 법했다. 아마도 심한 피로감이 한꺼번에 아버지를 덮쳤을 것이다. 은수는 자신이 잠을 자버렸다는 것이 조금 덜 미안했다. 피곤한 아버지를 대신하여 어머니를 지켜야 한다고 생각하고, 빈소가 차려진 대청마루로 올라갔다. 아버지는 벽에 머리를 기대고서 코까지 골고 있었다. 은수는 아버지 곁에 앉아서 아버지를 똑바로 눕혔다. 그다음 은수는 성소를 지키는 마지막 병사처럼 두 눈을 똑바로 치켜뜨고 뜻도 모르는 병풍의 검은 글자들을 응시했다. 한참을 그러고 있긴 했는데, 또다시 잠이 살짝 몰려들어서 어느 사이 스르르 졸았을 것이다. 문득 병풍 뒤에서 들리는 이상한 소리에 선잠에서 깨어났다. 쥐새끼인가? 저놈의 쥐새끼가 감히 어딜 넘나들고 있어? 처음에는 쥐새끼가 들락거리고 있는 것인가 생각했지만, 곧 그게 아니고 인기척이라는 것을 알 수 있었다. 가만히 귀 기울였다. 무엇인가, 옷감 같은 것이 찢어지는 소리가 찌익 찍, 찌익 찍 들렸다. 놀랐다. 섬뜩함에 등골이 오싹해졌다. 숨을 죽이면서 가만가만 소리 나는 쪽으로 발걸음을 옮겼다. 소리는 병풍 뒤 어머니의 관이 있는 곳이었다. 살그머니 병풍을 밀었다. 뜻밖에도 할머니가 있었고 손에는 자그마한 가위가 들려있었다. 할머니는 관을 열어젖히고(어떻게 열 수 있었는지 알 수 없지만, 그때까지 관에 못을 박지 않았을 수도 있었다) 어머니의 시신을 감싼 삼베 이불을 북북 찢으면서 관 속에 누운 어머니가 들으란 듯이 웅얼웅얼 말했다. 주위가 너무 조용해서인지

웅얼거리는 할머니의 목소리가 은수의 귓속으로 콕콕 들어와 박혔다.

"나쁜 년아, 나쁜 년아, 천하 나쁜 도둑년아, 군불로도 못 땔 불효가 막심한 요 년아, 시에미 입으려고 만들어 주더니 네 년이 입고 가? 시에미 입을 수의가 그리도 탐이 나더냐? 못된 년아, 시에미 옷 빼앗아 입고 누워 자빠진 년아. 네년이 입은 그 옷 임자는 나다. 나한테 벗어주고 냉큼 일어나라. 요 나쁜 년아. 가로챌게 따로 있지 시에미 옷을 가로채냐? 천하에 나쁜 년, 엉큼한 년."

할머니는 삼배에 가려진 어머니 얼굴에다 자신의 얼굴을 맞대다시피 하면서, 어머니의 수의를 죄다 벗겨서 자신이 입을 태세로 어머니에게 달려들고 있었다. 삼베 이불을 풀어헤친 할머니는 이제, 어머니가 입고 있는 수의에 가위를 들이대고는, 호통을 치고 있었다.

"네 년이 이렇게 처자빠져 있다고 내가 눈이나 깜짝할 거 같냐? 살림 야무지게 살아라, 잔소리에 앙심을 품어? 네 이년 얼렁 일어나라."

은수는 너무 무서웠다. 더는 할머니에게로 다가갈 수 없었다.

곤히 잠든 아버지를 깨웠다. 아버지가 할머니를 달래어 병풍 밖으로 데리고 나오는 모습이 아직도 눈에 선하다. 벌겋게 상기된 할머니 얼굴과 할머니보다 더욱 시뻘겋게 상기되어있던 아버지 얼굴을 어떻게 잊을 수 있을까? 반세기가 흘러간 옛일을 은수는 왜 아직도 선명하게 기억하는지를 은수 자신도 알 수 없었지만, 아마도 그 장면이 무척이나 큰 사건으로 은수의 뇌리에 새겨져 있었기 때문일 터였다. 그 후 오랫동안 은수는 자신이 본 그 장면을 이해할 수 없었다. 무섭고 섬뜩하기도 했고, 또 누구라도 그런 일을 알아서는 안 될 것이란 생각이 들기도 했다. 좀 창피한 생각도 들어서 입밖에 내어 누구에게 물어본다거나 얘기해 본다거나 하기에도 내키지 않는 일이었다. 언제인가, 오랜 시간이 지난 뒤에야 은수는 그 일을 아버지께 물어본 적이 있었다. 그때 아버지가 말했다.

"그 일을 잊지 않았구나. 뭐 좋은 이야기라고 여태껏 가슴에 새겨두고 있었어? 그거 별일 아니다. 할머니가 네 어머니를 아껴서 그런 것이다. 할머니가 네 엄마한테 미안한 마음도 있었을 게다. 사실 네 어머니가 입고 간 그 삼베 수의는 말이다. 네 어머니가 할머니를 위해서 윤달 드는 달에 직접 만들어 둔 것이었다. 윤달에 수의를 지어놓으면 명이 길다는 속설이 있거든."

"근데요, 아버지. 할머니는 왜 어머니에게 그렇게 심한 욕을 퍼부었을까요? 장난 아니었어요."

"글쎄다. 늙은 어미 두고 젊은 며느리가 죽었으니, 억장이 무너지지 않았을까? 남 보기도 민망하고 안타깝고 말이야. 아마도 할머니는 남들 보기 부끄러워서 그랬을 것이다. 허옇게 센 머리카락이 몹시도 부끄러워서 살짝 정신이 나갔을지도 모른다."

"부끄럽게 생각할 일이 아니지 않나요? 죽고 사는 일이 마음 먹은 대로 흘러가는 것도 아닌데요."

"그렇지, 그렇지만 사람 살아가는 일이 어디 그렇더냐? 마음이 세상 이치와 따로 놀기를 좋아해서 사람들이 힘든 거 아니겠니? 네 엄마 그렇게 되고 난 다음 할머니는 험한 소문에 참 많이도 시달렸다."

"예? 무슨 소문요? 처음 듣는 얘긴데요."

"젊은 며느리가 갑자기 죽었으니 얼마나 많은 소문이 떠돌았겠니? 사람마다 천성이 다른데, 네 할머니는 성품이 깐깐했고, 네 엄마는 덜렁대는 면이 좀 있었다. 사람들이 알아채고는, 시집살이가 보통 아니었다고, 생사람 잡았다고 험담을 한 거다. 시어머니 구박이 심했다. 늙은 시어머니를 데리러 온 저승사자를 알아본 할머니가 싹싹 빌어서 젊은 며느리를 대신 데려갔다는 등 헛소문이 자자하게 퍼졌다. 그 스트레스 때문인지 당시 할머니는 섬망을 앓았다. 그것도 뒤에 알게 되었지만 말이다. 그 증세를 식구 중 누구도 알지 못했다.

병이 깊어졌을 때 겨우 알게 되었는데, 그때는 이미 할머니에게 옅은 치매기가 찾아와 있었다."

"생각나요, 아버지. 중학교 졸업식 끝내고 집에 갔을 때 할머니가 없어졌다고 찾아다녔던 게 기억났어요. 그날 읍내 가는 길 오리목에서 할머니를 찾았을 때 이상한 말씀을 중얼거리고 계셨는데요, 저도 잘 알아보지 못했어요."

"그래, 그랬지. 이제 그 일마저도 그립구나."

"사실 그때는 정말 무서웠어요. 아직도 할머니가 왜 그곳에 계셨는지 알 수 없지만요."

"그 장소는 할머니에게 중요한 곳이었다. 한 분 밖에 남아 있지 않았던 할머니 동생, 그러니까 나의 외삼촌이 숨이 멎은 채 발견된 곳이다."

그때 아버지의 두 눈에 슬쩍 어리던 물기를 은수는 놓치지 않았다. 아버지는 회한에 젖어있었다. 못내 그리워하고 있는 듯이 보였다. 아버지가 그리워한 사람이 할머니인지 어머니였는지 알 수 없었지만, 돌아가신 두 분이 아버지에게 큰 힘이 되었던 건 사실이었던 모양이다. 그녀들은 아버지가 마음 놓고 두 발을 내디딜 수 있었던, 아버지에게는 땅 같은 존재들이었을 듯싶었다. 그런 까닭으로 아버지는 자신의 땅이 사라지자, 새로운 땅을 찾아서 평생을 이곳저곳을 기웃거리

아버지의 땅

지 않았을까?

3

　요양병원은 도심 변두리에 있었다. 은수가 요양병원에 도착했을 때는 이른 아침이었다. 회색 구름이 동쪽 하늘을 뒤덮고 있었기에, 떠오르는 아침 해는 볼 수 없었다. 일상을 벗어난 듯한 순수한 정적이 요양병원을 감싸고 있었다.

　은수는 아버지가 누워있는 병실로 들어갔다. 희수와 올케, 지수와 제부가 모여 있었다. 미수는 보이지 않았다. 아버지는 두 눈을 꾹 감은 채 누워있었다. 얼굴은 평온해 보였지만, 색색거리는 숨소리는 심상치 않았다. 죽음을 앞에 둔 사람의 숨소리는 허덕댄다고 들었다. 그만큼 숨 쉬는 일이 버거워진다는 것을 의미할 터였다. 지금 아버지는 가냘픈 숨을 몰아쉬고 있지만, 혁혁대지는 않았다. 아직 아버지에게 이승에서의 남은 시간이 있다는 것일까? 은수는 병상 끝머리에 걸터앉아서 아버지의 두 손을 꼭 잡아보았다. 따뜻했다. 여리고 따스한 숨결까지 느껴진다. 아버지의 얼굴을 가만히 들여다보았다. 가로로 깊게 파인 이마의 주름살은 아버지의 생을 통과하고 지나간 고뇌와 고통의 시간을 알려주는 듯했고, 눈가에 새겨진 자잘한 잔주름들은 평소 아버지가 여자들에게 보인 헤프고 헤픈 웃음을 말해 주는 듯했다. 왜 아버지는 아내 복이 없었던 것일까? 아버지가 새어머니들에게 특별히 잘못하는 것 같지 않았다. 폭력을 행사하거나 욕을 한다는 말은 듣지도 보지도 못했다. 그럼에도, 아버지는 여자들에게 특히나 임미자 새어머니의 진실한 사랑을 얻지 못했다. 왜일까? 까닭을 알 수 없지만, 마음이 짠했다. 어설픈 연민이나 싸구려 동정 같은 감정이 아니었다. 굳이 말하자면 평생을 여자 때문에 고생한 아버지에게 보내는 애달픈 송사 같은 것이라 할 수 있을까? 하여튼 그 비슷한 감정이긴 했다. 어쨌든 자녀 넷 중에서 가장 가까이, 또 오랫동안 아버지의 삶을 지켜본 은수는 참참한 심정이 되어 오래도록 아버지 얼굴을 내려다보았다. 제부와 얘기 중이던 지수가 어느 사이 다가와 은수의 옆구리를 쿡 찔렀다. 은수는 지수를 뒤따라 병실 밖으로 나왔다. 지수가 은수에게 먼저 물었다.

"언니, 미수 소식 들은 거 있어?"

"아니, 없어."

"전화를 안 받아."

"아버시가 미수와 곽서방 얼굴 보고, 가려고 눈을 못

감으시는 것 같지 않아?"

"그런가? 모르지. 계속 소식이 없으면 어떻게 해? 무슨 일 있는 건 아니겠지?"

"괜한 걱정이다. 때리면 때렸지 맞을 애는 아니야. 술 마시고 뻗어 있을 수도 있으니까, 희수더러 가 보라고 하자."

희수가 미수의 집에 갔다 왔다. 현관문은 잠겨있었고 아무도 없다고 했다. 희수가 미수 핸드폰에 아버지 상태를 알리는 문자를 남겼다고 했다. 문자를 읽었다면 이리로 달려올 것이니 기다려보는 게 좋겠다고 했다.

아버지는 계속하여 잠 속에 있었다. 혹시 꿈을 꾸고 있는 건 아닐까? 지금 아버지는 이승에서의 마지막 꿈을 꾸고 있을까? 만약 꿈을 꾸고 있다면, 꿈속에서 누굴 만나고 있을까? 어머니일까? 임미자 새어머니일까? 그래서 이승에서의 못다 한 춘정을 풀고 있을까, 어쩌면 다시 만나자는 약속 날짜를 잡고 있을 수도 있겠다, 싶었다. 은수는 아버지의 병상 옆에 쭈욱 둘러앉은 동생들과 제부, 올케를 돌아보면서 말했다.

"아침밥 때가 지났다. 여긴 내가 지키고 있을 테니 요기들 하고 와."

동생들이 늦은 아침밥을 먹으러 나갔다. 은수는 미수에게 다시 전화를 걸었다. 여전히 받지 않았다. 아버지는 여전히 색색, 숨을 몰아쉬면서 잠속에 들어있었다. 은수는 달리 할 일이 없었다. 이승에서의 마지막 숨을 쉬고 있는 아버지 옆에서 핸드폰을 꺼내어 게임을 하거나 유튜브를 보거나 카톡을 하고 싶지 않았다. 은수는 아버지를 덮고 있는 이불자락을 살짝 들고서, 손을 빼냈다. 핸드백에서 손톱깎이를 꺼냈다. 펼친 손수건 위에 아버지 손을 얹은 다음 손톱을 깎기 시작했다. 손톱 반달이 조금 흐릿했지만, 대체로 맑고 깨끗한 손톱이었다. 은수가 손톱을 다 깎고, 손톱 부스러기가 담긴 손수건을 정리하고 있을 때 의사와 간호사가 병실로 들어왔다. 곧이어 동생들도 들어왔다. 청진기를 아버지 가슴에 댄 다음, 의사가 말했다.

"숨이 많이 좋아졌습니다. 어제 저녁엔 정말 위험했는데, 마음을 놓아도 될 것 같습니다."

당분간 초상 당할 일은 없을 듯했다. 간병인에게 아버지를 맡겼다. 은수가 동생들을 바라보면서 말했다.

"다들 오랜만이지? 바쁜 일 없으면 우리 집에서 점심밥이라도 먹자."

"그러자, 언니."

지수의 말에 모두 그러자며 동의했다. 은수는 아버지에게 인사말을 했다.

"아버지, 살 쉬고 계세요. 또 올게요."

아버지의 땅

아버님, 아버지, 장인어른, 금방 다시 뵙겠습니다. 동생들도 제각각 아버지에게 한마디씩 인사한 다음 은수 집으로 향했다. 은수는 동생들을 위하여 점심준비를 하려는데, 지수가 말렸다.

"언니, 시켜 먹자. 내가 낼게. 언니는 식후에 마실 차와 과일만 준비해 줘요."

지수가 재빠르게 탕수육, 쟁반짜장, 짬뽕을 주문했다. 은수나 희수에게 물어보지도 않았다. 예전부터 지수의 추진력은 아무도 말릴 수 없긴 했다. 모두가 둘러앉아서 짬뽕, 짜장면, 탕수육으로 점심을 먹었다. 커피를 마시고 사과 한 조각을 입으로 가져가던 희수가 핸드폰이 울리자 전화를 받았다. 전화를 끊은 뒤 희수가 말했다.

"아버지가 돌아가셨다는데?"

"뭐라고?"

"괜찮아지셨다고 했잖아?"

"어떻게 된 거야?"

"모르지. 빨리 가 보자."

모두가 놀랐다. 주섬주섬 일어나 요양병원으로 향했다. 아버지는 이미 살아있는 사람이 아니었다. 아버지는 새하얀 천을 뒤집어쓰고서, 누워있었다. 웬일이지? 도대체 무슨 일이 벌어진 거야? 조금 전까지만 해도 분명히 좋아지고 있다고 의사가 말했잖아? 은수는 어안이 벙벙하여 아무런 말도 꺼내지 못하고 있을 때, 짜랑짜랑한 목소리가 귀를 때렸다.

"벌써 담당의가 사망 선고 내리고 갔어."

미수였다. 아버지에게 정신을 쏟느라고 미처 미수를 알아보지 못했다. 은수는 놀라는 중에서도 조금 멈칫했다. 일부러 미수를 못 본척한 것은 아니지만, 미수가 생각할 때는 따돌림이라고 오해할 수도 있었기 때문이다. 지금껏 형제들은 미수를 가까이하기 싫었거나, 할수 없었거나, 시샘을 숨기고 있었다. 아버지가 지나칠 정도로 미수를 감싸고 돈 탓이었다. 형제들이 아버지에게 느끼는 소외감은 상당했다. 지수와 희수도 미수를 알아보고 놀라는 눈치였고, 특히 지수는 복잡한 시선으로 미수를 응시하고 있었다. 내심으로는 오지 않았으면, 바라고 있었던 건 아닐까? 미수는 이복언니와 오빠가 어떻게 쳐다보던 신경 쓰지 않겠다는 투로 제멋대로 행동했다. 차림새도 소풍이라도 가는 것처럼, 나이에 어울리지 않게 노랑 셔츠와 청바지에 붉은색과 검은색의 격자무늬 바바리코트를 입고 있었다. 쉰이다 되었으면서도 나이를 잊은 듯 보라색으로 염색한 머리카락은 은수가 보기에도 너무 심하다는 생각을 들게 했다. 그렇지만, 미수의 미색은 사라지지 않았다.

비록 나이가 들어서 한층 사그라들기는 했지만, 여전히 미수의 용모는 아름답다. 미수는 임미자 새어머니를 많이 닮았다. 용모가 빼어난 것도 유전인 모양이다. 아버지가 미수를 특별하게 여긴 이유는 아마도 임미자 새어머니를 잊지 못했을 수도 있다는 생각이 설핏 스치자, 은수는 묘한 상실감에 젖어서 쓸쓸해졌다. 미수가 아무렇지도 않다는 듯, 짜랑짜랑한 목소리로 다시 말했다.

"원무과로 오랬어. 병원비를 결제하고, 사망진단서도 몇 부 필요할 것이니, 곧바로 발급해준다고 했어."

비로소 은수가 미수에게 물었다.

"혼자 왔어? 곽서방은 같이 안 왔어?"

"에이, 언니, 농담도. 곽서방 그 새끼랑 찢어버린 게 언젠데."

"그랬어?"

"좀 이따 곧 결혼할 남친 올 거야. 언니들한테 인사하라, 하지 뭐."

"아이구야 그러셨어? 우리 미수 재주는 알아줘야 해."

은수는 깜짝 놀랐다. 아니 놀란 척했다. 봄에 만났을 때 얘기를 들은 것같기도 하고 못 들은 것같기도 했다. 기억이 아리송했다. 은수는 미수를 보고 있으면 이상

할 정도로 마음이 복잡해진다. 곁에 있던 지수가 미수의 등을 툭, 치면서 말했다.

"우리 미수, 재주도 좋아. 이게 몇 번째야? 새 남친과 결혼식은 언제야? 은수 언니는 다 늙어서 겨우 결혼이란 것을 한 번 했는데, 말이야."

"지수 언니, 너무 그러지 마. 사람마다 라이프스타일이 다른 거 아니야?"

"알았다, 알았어. 우리 미수 박사님께서 어련하시겠어?"

지수가 활달한 기지를 발휘하면서 스리슬쩍 눙쳤다. 지난날들을 돌이켜 본다 해도, 은수와 지수는 미수의 사생활을 간섭할 특별한 이유가 없었다. 필요 없기도 했다. 미수는 아버지의 지극한 보살핌과 그녀 자신의 노력으로 문학박사 학위까지 취득하여 대학에서 학생들을 지도하면서 원하는 생을 살고 있을 뿐인 것이다. 아무리 아버지의 뒷받침이 있었다고 해도 그건 미수의 노력 덕분이었지 온전히 아버지 덕분이라고 말할 수 없을 터였다. 형제들과 은수는 미수가 이복형제라고 눈총을 주지도 않았고 특별하게 예뻐하지도 않는 것으로 미수를 인정하고 있었다. 그것은 아마도 미수가 다섯 살 어린 나이였을 때 엄마를 잃었다는 사실, 그 자체가 형제 모두가 공유하는 아픔이었기 때문이라고 은수는 생각했다.

　은수는 타인의 간섭을 불허하는 완벽한 자아를 소유하고 있는 듯이 보이는 미수가 부러울 때가 있기도 했지만, 그것 또한 미수의 속속들이 내면에서 무슨 일이 벌어지는지 모르기에 부러워할 만한 게 못 된다고 여겼다. 미수의 마음속에는 날마다 피 흘리는 전쟁이 벌어지고 있는지 그 누가 알 수 있겠는가?

4

　은수는 결코 만만하지도, 순탄하지도 않았던 아버지의 삶은 할머니가 돌아가신 다음부터 시작되었다고, 여긴다. 어머니 돌아가시고 난 다음, 3년 뒤에 할머니마저 돌아가셨다. 돌아가시기 전까지 할머니는 아버지와 동생들을 헌신적으로 보살폈다. 은수가 휴일이나 공휴일에 본가에 들릴 때면 항상 할머니가 동동거리고 있었다. 워낙 깐깐한 성격이어서 집안이 흐트러지는 꼴을 참지 못하는 탓에, 할머니는 종일토록 쓸고 닦았다. 어쩌다 섬망이 나타나거나, 치매기가 발동될 적에는 식구들 정신을 쏙 빼놓긴 했지만, 그 병증은 아주 드물게 나타났기에 집안을 돌보는 일에는 아무런 문제가 없었다. 아마도 할머니는 어미 잃은 삼 남매를 돌보아야 한다는 크나큰 책임감 때문에, 자신에게 찾아온 치매를 완강하게 거부했던 모양이었다. 그래서 그 고약한 병증은 감히 기를 펴지 못한 채 저만큼 멀찍이 서서, 할머니에게 다가갈 기회를 주춤주춤 엿보고 있을 수밖에 없었을 것이라고 은수는 생각했다. 그만큼 할머니는 정신을 놓지 않아야 한다고 끝까지 자신을 몰아세웠을 것이다.

어쨌거나 할머니가 돌아가신 다음부터 아버지가 하는 일은 자꾸만 꼬이기 시작했다. 아버지의 첫 번째 시련은 새어머니를 들이고부터였다. 정확하게 말하면 그 새어머니가 아버지를 버리고, 도망 갔을 때부터였다는 게 맞는 말이긴 할 것이다.

아버지에게 부인은 꼭 필요한 내조자였다. 두 발을 마음 놓고 내디딜 수 있는 땅이기도 했다. 아버지의 부인은 전실 아이들을 돌보고 크고 작은 집안일을 알뜰하게 챙기고, 정미소 일도 거들어야 하는 자리였다. 그만큼 아버지에게는 집안을 돌보는 일손이 절실하기도 했다. 아버지는 고모의 주선으로 새장가를 갔는데, 새어머니는 아버지보다 열세 살이나 아래였고 얼굴이 무척이나 예쁜 여자였다. 부끄러움 타지 않는 활달한 성격에다 까르륵까르륵 큰소리로 웃는 걸 좋아하는 사람

아버지의 땅

이었다. 어찌 보면 경망스럽기도 했는데, 워낙 속이 없는 것처럼 웃기를 잘해서 사람들도 덩달아 새어머니 임미자를 좋아했다. 지금 와서 다시금 생각해보니 그냥 사람을 마구잡이로 좋아하는 성격이었을 수도 있겠다는 생각이 들기도 한다. 동생들, 중학교 2학년이 된 희수와 초등학교 6학년이 된 지수도 그동안은 할머니의 지극한 보살핌 덕분에 집에서나 밖에서나 기를 펼 수 있었다. 그러나 이제 은수는 자신의 형제들은 그 입지가 바뀌었다고 생각했다. 동생들이 젊은 새어머니가 집안을 돌보고부터 알게 모르게 눈치를 보고 있다는 사실을 은수는 직감적으로 알 수 있었다. 꼭 새어머니가 눈치를 주었다기보다는 그냥 그렇게 되었다는 말이 정확한 표현일 터였다. 어머니가 죽고 난 다음에도 은수는 읍내 외가에서 쭉 생활하고 있었기 때문에, 임미자 새어머니가 동생들을 구박한다는 확실한 물증도, 동생들을 함부로 대하는 것을 목격한 사실 같은 건 없었다. 느낌이 그렇다는 것일 뿐이다.

계모 밑에서 살아가야 하는 동생들도 힘들겠지만, 은수 자신도 나름대로 감당하기 어려운 일을 겪고 있었다. 그것은 외할머니가 은수를 붙잡고 자꾸만 운다는 것이었는데, 어떤 때는 외할머니의 두 눈에서 눈물만이 조용히 글썽거리기도 했고, 또 어떤 때는 정말로 큰

소리로 통곡을 할 때도 있었는데, 그것이 은수에게는 가장 힘든 일이었다. 외할머니가 은수를 당신 딸 대하듯 한다는 것쯤은 은수도 알고 있었다. 은수는 고등학교를 졸업할 때까지는 외가에서 생활하고 난 다음에, 그다음 대학이나 취업을 어떻게 결정할지를 정하기로 마음먹고 있었다. 은수는 되도록 외할머니를 위로하려고 최선을 다했는데, 그래 봐야 먹을 거 주면 다 먹고 마주치면 찡그리지 않고 웃어 주고, 한 번씩 꼭 껴안아 주는 게 고작이긴 했다.

은수는 아버지와 임미자 새어머니와 처음 혼삿말이 나왔을 때 친척들이나 동네 사람들이 많은 걱정을 했다고 들었다. 전실 자식이 셋이나 있는 홀아비에게 시집을 엄두를 냈을 때는 어지간히 당찬 성격이지 않고는 엄두도 내지 못할 일이니, 아주 사나운 여자가 틀림없을 터이다. 그러니, 결혼할 생각 같은 건 아예 접으라고 주변에서 입을 모아 말렸지만, 임미자를 한 번 보고 난 아버지가 고집을 꺾지 않았다고 했다.

그런데, 주위의 걱정과는 다르게 임미자 새어머니는 그렇게 억세지 않았고 비교적 상냥한 성격이었다. 새어머니가 아버지와 결혼했을 때 고등학교에 진학한 은수는 줄곧 외가에서 생활했는데, 가끔 동생들을 보러 집에 가 보면 임미자 새어머니가 집과 정미소를 바쁘

아버지의 땅

게 오가는 모습을 볼 수 있었다. 그리고 한 공간에서 생활하는 전실 자식들인 동생들을 함부로 대하는 것 같지도 않았다. 자상한 마음으로 동생들을 대하면서 잘 보살피고 있는 것처럼 보였다. 고마운 일이었다. 어쨌거나 은수는 어쩌다 집에 갈 때면 집안도 잘 건사하여 곳곳에 윤기가 흘러서 보기 좋았다. 임미자 새어머니는 시집온 지 이 년쯤 지났을 때 여자아이를 낳았다. 아버지는 자신의 아이를 낳아준 새어머니를 비로소 진실한 처로 인정하고 신뢰하기 시작하는 듯했다. 아버지는 아이의 이름을 '미수'라고 지었고, 두 사람은 진정으로 서로를 좋아하는 것처럼 보였다. 아버지는 정미소 일을 일꾼에게 맡기고는 갓난아기를 안고서, 새어머니와 외출하는 일도 종종 있었다. 은수는 외가에 있었지만, 어쩌다 본가에 가 보면 집안의 분위기가 썩 괜찮았다고 느끼기도 했다. 아마도 임미자 새어머니가 돌아가신 할머니나 어머니처럼 열심히 집안을 돌보고 있었기에 느낄 수 있었던 안정감 같은 것일 터였다. 집안일과 정미소 일 그리고 아이들도 마음을 다해 돌보는 임미자 새어머니를 아버지는 진실로 사랑하고 있는 듯이 보였다. 돌아가신 친어머니가 생전에 받아보지도 못했을 듯싶은 사랑과 정성을 아버지는 임미자 새어머니에게 바치고 있었다.

요양병원은 장례식장을 운영하고 있었다. 은수는 동생들과 의논했다. 번거롭게 멀리 갈 필요 없이 요양병원 내 장례식장에서 삼일장으로 장례의식을 거행하자는 것에 모두 동의했다. 은수는 장례식장에 있는 빈소를 빌리는 계약을 하면서, 직원에게 물었다. 어떤 일부터 해야 하느냐? 집집마다 조금씩 다르지만 대체로 제일 먼저 하는 일은 장지를 정하는 것이고, 그다음 매장과 화장 중에서 어떤 것으로 선택할지를 미리 결정해 두는 것이 발인식 때 일이 순조롭다고 직원이 말했다. 화장과 매장을 두고 친족 간에 매섭게 다투는 발인식도 본 일이 있다는 말도 직원이 덧붙였다. 은수는 동생들과 회의를 열었다. 제일 먼저 할 일은 장지를 정하는 일이었다. 생전에 아버지는 어머니와 합장해 달라는 말은 하지 않았지만, 은수와 형제들은 고향에 있는 아버지 소유의 밭에 어머니와 아버지를 합장하는 게 좋겠다고 결정했다. 미수만이 다른 의견이 있는 것처럼 말했다.

"그 밭이 아직도 그 자리에 그대로 있을까요?"

뭔 말이지? 형제들이 동시에 미수를 바라보았다. 지수가 어이 없다는 듯, 미수에게 말했다.

"애, 미수 박사님, 밭에 발이 달렸어요? 도망이라도 다녀요? 시인 아니랄까봐 상상력에 풍부가 넘칩니다요."

미수는 실쭉 웃을 뿐, 아무말도 하지 않았다.

희수가 고향 당숙에게 전화를 했다. 스피커를 켜고 모두 둘러앉았다.

"아저씨, 방금 아버지가 돌아가셨어요."

당숙의 목소리가 스피커에서 흘러나왔다.

"지난 달에 형님 보고 왔는데, 그게 마지막이었구나. 애석하지만 마음들 굳건히 먹어라."

"고맙습니다, 아저씨. 삼일장으로 하고 장지는 마을 뒷산 아버지 밭으로 정했어요. 이번 참에 어머니도 함께 모시려고 해요."

"그래, 생각은 잘했는데, 말이다. 매장은 안된다. 형님 시신을 동네로 들여올 수는 없다. 지금은, 음, 동네 규칙이 그렇다. 벌써 몇 년 전부터 화장한 유골함만이 동네로 들어오는 것을 허락하고 있다."

"걱정마세요, 아저씨. 그렇지 않아도 화장하기로 했어요. 누나와 지수 모두 동의했고요, 화장장 예약도 진행하고 있어요."

"그래, 잘 생각했다. 화장이면, 나도 내일쯤 형님 뵈러 가야겠다. 그때 보자."

"예, 아저씨."

희수가 전화를 끊으려는 참인데, 당숙이 뭐라고 하는 모양으로 희수가 다시 귀를 기울렸다.

전화를 끊고 희수가 말했다.

"누나, 당숙 아저씨가 어머니 산역 때 누가 오느냐고 묻던데."

"너는 문상객 맞아야 하니까 내가 갈게."

"그렇지 않아도 누나가 갈 거라고 했어."

"잘했네. 장의사는 연락했어? 그 방면에 고수라며? 지수가 그러던데?"

"벽산 장의사 왕씨 아저씨인데요. 초등학교 동창인 고향 친구 큰아버지래요. 내일 오전 10시에 앞산 들머리에서 만나자고 연락했어요. 다른 건 빠짐없이 준비한다고 했어요. 제주 한 병만 챙겨 가세요."

"알겠다. 낼 새벽에 떠나야겠다. 고향에 당숙이 계시는데, 먼저 인사를 하는 게 좋을 거야. 시간 맞추어 도착하려면 일찍 출발해야겠다."

다행히 희수가 상조회사에 아버지 이름으로 가입해 둔 상조보험이 있었다. 보험회사에 연락하자, 회사는 곧바로 장례지도사를 파견했다. 말끔한 검은색 정장에 하얀색 셔츠를 갖추어 입은 50대 초반쯤으로 보이는, 장신의 여자가 장례지도사로 왔다. 단아하고 깔끔한 외양에 걸맞게 장례지도사의 몸가짐에는 묘한 경건함이 배여 있었다. 여자는 중성적인 음색이지만, 우아하고 기품있는 말씨로 은수와 형제들을 제압했다. 여자를 보고 있으면 특별한 교육으로 잘 훈련된 사감 선생을 보는 듯한 느낌이 들었다. 장례지도사의 안내로 장례의식은 순서대로 차곡차곡 진행되었다. 은수와 형제들은 장례지도사의 안내대로 움직였다. 은수에게 맡긴 중요한 일이란 빈소에서 필요한 식료품 등의 물품구매에 사인하는 것이 전부였다. 그 대신 조문객들과 담소하는 시간이 충분했다. 조문객들에게 내어줄 상차림 때문에 시간을 소비하지 않아도 되었다.

미수는 별로 슬퍼하는 것 같지 않았다. 아버지가 미수에게 쏟은 정성에 비교하면 서운하다고 할 만한 행태였다. 자신을 찾아온 조문객들과 키득키득 웃으면서 담소하는 미수의 모습을 보고 있자면, 은수는 까르륵까르륵 웃기를 잘하던 임미자 새어머니를 보는 듯해서 후드득 놀라곤 했다. 엄마가 버리고 도망갔다 해도, 아버지의 극진한 사랑으로 미수는 눈부시게 성장한 셈이었다. 미수가 울지 않는다고 아버지가 속상해할까? 아닐 것이다. 꾸밈없고 활달한 성격이 미수의 참모습이란 걸 잘 알고 있었던 아버지는 흐뭇해할 듯했다.

이튿날 아침 일찍 은수는 장지가 있는 고향을 향했다. 제주로 쓸 소주 한 병은 잊지 않고 챙겼다. 빨리 간다 해도 한 시간 반은 더 걸린다. 은수는 되도록 천천히 차를 몰았다. 일찍 출발하여 시간이 넉넉하기도 하려니와 자동차사고라도 나면 큰일이기 때문이다. 덕분에 아침 아홉 시가 조금 지났을 때, 고향마을에 도착할 수 있었다. 알맞은 시각에 도착했다는 사실에 은수는 안심했다.

　아직은 한적한 시골 마을인 고향에는 당숙을 비롯한 일가 어른들이 제법 살고 있었다. 은수는 그들을 일일이 찾아보고 인사하는 일이란 매우 귀찮고 번거로운 일이란 걸 예전부터 겪어서 알고 있었던 터였으므로, 당숙에게만 들러서 인사했다. 당숙이 걱정스러운 얼굴로 말했다.

　"혼자 괜찮겠나? 같이 가줄까?"

　"괜찮아요, 아저씨."

　"그래, 발인날 보자."

　"예."

　은수는 곧장 어머니 산소가 있는 앞산 들머리 쪽으로 걸어갔다. 산으로 오르는 공터에는 벽산 장의사 표지를 단 승합차가 서 있었다. 은수가 다가가자, 승합차에서 예순쯤 되어 보이는 중노인 장의사가 내렸고, 30대쯤으로 보이는 젊은이도 따라서 내렸다. 은수가 중노인 장의사에게 물었다.

"벽산 장의사에서 오셨지요?"

"예, 제가 대표 장의사, 왕수로입니다."

대답한 왕 장의사가 옆의 젊은이를 가리키며 다시 말했다.

"여기는 수련 중인 보조 장의사입니다."

젊은이가 은수를 향해서 고개를 꾸벅 숙이면서 말했다.

"열심히 배우고 있습니다."

은수도 젊은이에게 고개를 약간 숙여 보인 다음 왕 장의사를 바라보았다. 잘 늙었다는, 혹은 잘 살아왔다는 느낌을 왕왕 뿜어내면서 왕 장의사가 은수에게 물었다.

"산소는 어디 있습니까?"

은수는 바로 코앞의 산을 가리키면서 말했다.

"산 중턱에 있어요."

은수가 앞장서서 산을 올랐다. 중노인 왕 장의사와 젊은 보조 장의사가 묵직해 보이는 상자를 각자 하나씩 둘러메고 은수의 뒤를 따랐다. 상자가 꽤 무거워 보이는데, 저걸 메고 산소까지 올라갈 수 있을까? 은수는 상자를 보고 은근히 걱정스러웠지만 내색하지 않고 곧장 산길로 들어섰다. 사람이 다니지 않은 듯, 길은 예상한 것보다 험했다. 삐쭉빼쭉 튀어나온 가시넝쿨이 길을 막기 일쑤였다. 흐드러지게 늘어진 싸릿대가 숲을 이룬 곳도 있었다. 처음에는 호기롭고 당당하게 오르던 산길이었지만, 사나운 억새가 늘어진 길에서는, 은수의 발걸음이 자주 주춤거렸다. 은수의 키만큼 자란 잡초들이 앞길을 막을 때는 밟고 걸을 수 있었지만, 무지막지한 가시넝쿨이 길을 가로막고 있는 것을 보고는 은수는 더 나아갈 수 없었다. 은수가 주춤거리자 젊은 장의사가 자신이 입고 있는 등산 조끼 앞주머니 속을 뒤졌다. 이내 큼직한 가위를 꺼내어 가시넝쿨을 싹둑 잘라냈다. 은수는 민망했다. 혼잣말인 듯 말했다.

"예전에는 이런 길이 아니었는데, 워낙 다니는 사람이 없는가 봅니다."

왕 장의사가 말을 받았다.

"요즘 산은 어딜 가나 다 이 모양이에요."

"아, 그런가요?"

은수가 대꾸하자 왕 장의사가 다시 말을 이었다.

"도대체 산에 갈 일이 있어야 말이죠. 오래전부터 높은 산에 잘 계시던 조상님들을 파묘하고는, 화장하여 유골을 납골당에 모시는 게 지금 대유행이에요. 예전에는 잘만 오르내리던 산이었는데, 요즈음에는 올라가기 험하고 힘들다는 이유로 말이죠."

은수는 그럴 만도 하겠다면서 고개를 끄덕였다.

왕 장의사와 젊은 보조 장의사, 은수는 땀을 뻘뻘 흘리고 난 다음에야 산소에 도착할 수 있었다. 은수는 가시넝쿨이 무서워서 장의사들 뒤를 따라서 오를 수밖에 없었다. 돌이켜보니 어머니의 산소에 와 본 적이 언제였던가? 아득한 옛일 같기만 했다. 아마 십여 년 전 여름 휴가 때 왔던 것이 마지막이었지 싶었다. 아니다. 재작년에도 왔었다. 그때는 한식날이어서 가시넝쿨이 무지막지하게 뻗어 있지 않았다.

6

알뜰하게 살림을 꾸려가던 임미자 새어머니가 야반도주를 해버렸다. 미수가 다섯 살이 되던 해 봄날 밤이었다. 정미소 일을 거들어주던 젊은 일꾼도 함께 사라졌다. 그 일은 동네 사람들의 입을 거쳐서 면으로 읍으로 알만한 사람은 모두 알게 되었다. 소문 속의 주인공이 된 아버지는 많은 상처를 입었을 것이다. 무엇보다 아버지는 참을 수 없는 모멸감에 시달렸을 것이며, 졸지에 오쟁이 진 못난 사내라고 수군거리는 소리를 들어야만 했다. 젊고 예쁜 아내가 젊고 빠릿빠릿한 사내와 눈이 맞아서, 야반도주했다는 사실 그 자체가 아버지에게는 참을 수 없는 모욕일 터였다. 그렇지만 아버지는 꿋꿋했다. 아버지는 진실로 임미자 새어머니를 사랑했기 때문에 남들이 수군수군 흉보는 것쯤은 참을 수 있을는지 모른다. 다른 것을 생각할 여력조차 없었을 터이겠지만, 의외로 아버지는 매우 침착했다. 분노하지도 슬퍼하지도, 어머니가 죽었을 때처럼 펑펑 울지도 않았다. 정미소에도 일꾼이 필요하다면서, 일을 거들어 줄 친척 아저씨를 새로이 데려오는 등 아주 침착한 얼굴로 아무 일도 아닌 것처럼 태연하게 행동했는데, 그것은 아마도 아버지 자신의 절박함을 숨기려는 허세였을 뿐이다. 왜냐면 그때부터 아버지는 임미자 새어머니 찾기에 돌입했으니까. 아버지는 새어머니 임미자가 다섯 살 된 딸아이 미수를 두고 떠났다는 사실에 희망을 걸고 있었다. 비록 젊은 아내가 바람이야 났겠지만 다만 그것은 일시적이어서 곧 후회하고 돌아올 것이라고 믿었다. 눈에 넣어도 아프지 않을 어린 딸아이를 두고 갔으니까, 이러한 마음으로 아버지는 모멸감과 모욕감을, 분노를 이겨내고 있었으며, 아이가 눈에 밟혀서라도 반드시 돌아올 것이라 믿고 있었을 것이다. 그러나 아버지의 기대는 완전히 어긋났다. 새

　　　　　　　　　아버지의 땅

어머니 임미자는 3년이 지나가도 돌아오지 않았다. 새어머니가 돌아오지 않는 시간이 길어질수록 아버지의 일상은 속절없이 무너지기 시작하더니, 복구하기 어려울 지경에 이르렀다. 정미소 일도 거의 손을 놓았는데, 집안 아저씨가 열심히 돕고 있어서 그나마 정미소는 버티고 있었다. 다만 미수를 챙기는 일에는 열심이었다. 아버지의 마음은 온통 임미자 새어머니와 미수를 향하고 있는 듯했다. 읍내에 5일장이 서면 아버지는 미수를 업고 장터를 향하곤 했다. 처음엔 갑갑한 마음에 놀이 삼아서 장터를 찾아가는 줄 알았는데, 그게 아니었다. 은수가 간혹 본가에 가 보면 못 보던 물건들이 보이곤 했는데, 그것은 이곳저곳 오일장이 열리는 장터에 갔다가 사 온 물건들이었다. 아버지가 미수를 데리고 오일장을 유람한 것은 혹시 임미자 새어머니의 소식을 장터에서 들을 수 있을까 하는 기대감 때문이었다는 것을 은수는 한참 지난 뒤에야 알았다. 그 당시 5일장은 군에서도 규모가 큰 면의 소재지에서 열렸으므로 웬만한 소식은 들을 수 있었다. 나중에 사람들이 말했다. 야반도주한 것들이 같은 군이나 면에 머물겠냐고? 멀리, 아주 멀리 도망가서 살겠지.

　하여튼 아버지는 임미자 새어머니를 잊지 못한 탓에 고모들 성화에도 새 부인을 맞이하지 않고 버텼다. 그나마 다행인 것은 아버지가 그 모진 세월 동안 마음대로 여기저기 쏘다닐 수 있었던 것은 정미소나 집안 문제에 골골거리지 않아도 되었던 덕분이었다. 정미소 일을 돌봐주는 친척 아저씨가 정성을 다해 정미소를 관리하고 있었고, 고모 둘이 번갈아 가면서 집안일을 돌보아 주었기 때문이다. 어쨌거나 아버지와 미수는 다정한 부녀로 사이좋게 지내면서 임미자 새어머니를 찾아다녔다. 희수와 지수는 고모 손에 맡기고, 아버지와 미수는 임미자를 찾아서 장돌뱅이들처럼 5일장을 돌아다녔다.

7

은수는 어머니 산소 앞에 섰다. 품에 안고 온 제주를 잔디밭에 가만히 놓았다. 봉분의 잔디를 가만히 쓸었다. 생기를 잃어서 뻣뻣해진 잔디가 손바닥을 마구 찔러댔다. 아팠다. 꼭 그 옛날 젊은 나이에 죽어버린 어머니가 잔디가 되어 찌르는 듯했다. 은수는 마음이 울울했다. 하늘을 올려다보았다. 한없이 맑고 청청했다. 저렇게 푸른 하늘이라니, 청청한 하늘이 은수의 마음을 더욱 울울하게 만들었다. 조금 떨어진 곳에 서 있는 소나무 가지에서 새 한 마리가 포로롱 날아오르고 있었다.

왕 장의사가 둘러메고 온 상자 속에서 흰색 한지 뭉치를 꺼냈다. 한지 한 장을 산소 앞 상석 위에 깔았다. 그리고 대추, 감, 배, 사과, 북어포, 떡, 한과를 상자 속에서 꺼내어 상석 위에 진설했다. 젓가락을 북어포 위에 올리고 향을 피운 다음, 은수가 안고 온 제주로 술잔에 술을 따라 올렸다. 은수는 왕 장의사가 알려주는 대로 예를 올렸다. 먼저 은수가 두 손을 합장한 뒤 머리를 깊이 숙였다. 그리고 두 번 절을 한 다음, 어머니께 고했다.

오늘 어머니께서 오래 머물고 계셨던 집을 허물고 아늑한 새로운 집을 짓게 되었습니다. 이제 아버지와 합장하여 드립니다. 오래도록 새로운 집에서 아버지와 더불어 편안하시옵소서.

왕 장의사가 고했다.

— 癸卯年 辛酉月 丙午日 壬午時 潭陽 田氏 前 告

은수가 다시 술을 올린 다음 절했다. 왕 장의사와 보조 장의사도 각자 술을 올리고 절했다. 두 장의사도 어머니께 뭐라, 뭐라 하는 듯했지만, 은수는 알아들을 수 없었다. 차 한 잔 마실 시간이 흘렀다. 음복한 다음, 상석에 진설한 제수 음식을 모두 걷었다.

왕 장의사와 보조 장의사가 또 다른 상자 속에서 도구를 꺼냈다. 삽 두 개를 조립한 장의사들이 산소 봉분을 허물기 시작했다. 먼저 봉분을 덮고 있는 잔디를 걷어냈다. 은수는 달리 할 일도 없어서 장의사들이 하는 작업을, 무연한 마음으로 구경했다.

장의사들은 먼저 잔디를 걷어냈다. 차디찬 겨울바람과 눈을 막아주던 이불이었고, 쨍쨍한 여름 한낮의 땡볕을 막아주던 가림막이었던 잔디를 한 삽씩 한 삽씩 떼 냈다. 얼핏 보면 잔디는 누런빛으로 퇴색한 것처럼 보였지만, 속은 아직도 푸름을 품고 있었다. 오늘은 양력 10월 15일이고 음력으로는 9월 초하루다. 가을 문턱을 넘어선 지 제법 시일이 지났다. 은수는 문득 다시, 하늘을 올려다보았다. 온통 파랗다. 조금 전보다 더욱 파랗게 보여서, 하늘은 파란색 잔디가 돋아난 오월의 초원을 보는 듯했다. 땅에서 사라진 잔디가 하늘에서 새롭게 돋아난 모양이라고? 참, 갖다 붙여도 좀 그럴듯하게 갖다 붙여야지, 은수는 스스로 얼토당토아니한 괴상망측한 비유를 한다면서 실소했다. 그때 왕 장의사의 목소리가 들렸다.

"날씨가 좋습니다."

잔디를 걷어내던 왕 장의사가 작업을 멈추었다. 허리를 쭉 펴면서, 허리를 툭툭 두드렸다.

"가을 날씨네요."

은수의 대답에, 왕 장의사가 하늘을 보았다. 그리고 말했다.

"요즘 장의사들은 대부분 삽으로 봉분 흙을 파내지 않아요."

무슨 말을 하려는가? 그것이 어쨌단 말인가? 은수는 의혹에 찬 마음으로 왕 장의사를 바라보았다. 왕 장의사가 다시 입을 열었다.

"포클레인으로 팝니다. 이렇게 높은 곳까지는 포클레인도 올라오기 힘들지만요. 다 포클레인을 불러다 씁니다. 그렇지만, 나는 그러지 않지요. 포클레인이 삽으로 파는 것보다 비효율적이고 계산에도 맞지 않아요. 한 번 부르면 백이죠."

은수는 장의사의 말에 수긍한다는 듯 고개를 끄덕였다. 장의사가 만족한 듯 흐흐 웃었다. 다시 삽을 들면서 장의사가 말했다.

"삽으로 일하는 것이 좋아요, 편해요. 효율적이기도 하죠."

유난히 말수가 많은 사람인가? 혹시, 임금을 더 올려 달라고 하는 너스레인가? 은수는 아주 잠깐 장의사가 하는 말 속에 숨은 저의에 대해 생각했다. 하지만 이미 계약을 완료했다고 희수가 말했다. 장의사가 무슨 말을 하려는지 궁금해졌다.

왕 장의사가 계속 이야기했다.

"나는 이장할 때 포클레인을 빌리지 않는다는 원칙을 세워두고 있어요. 돈 때문이 아니에요. 포클레인이 봉분을 긁어대는 모습이 정말 끔찍해서 그래요"

놀라운 말이었다. 은수는 왕 장의사가 생각이 깊고 마음이 따뜻한 사람이라고 단정했다. 왕 장의사는 포클레인으로 무덤을 파내는 일이란, 누군가의 무덤을 마구 파헤치는 일이기에 고인에 대한 예의가 아니다, 무덤 맨 아래에는 누군가의 소중한 부모님이나 가족의 시신이 잠들어 있을 터이므로 함부로 하지 않겠다는 의지를 담고 있는 말이라고 해석했다. 이제 장의사는 땀을 뻘뻘 흘리면서 마지막 잔디를 걷어내고 있었다. 잔디를 다 걷어낸 장의사들은 한숨 돌리는 듯 물을 마셨다. 잔디가 사라진 봉분은 검붉은 황토흙을 적나라하게 드러냈다.

갑자기 은수는 등골을 스치는 전율에 자신도 모르게 부르르 몸을 떨었다. 당혹스러웠다. 마치 은수 자신이 발가벗고 누워있는 듯한 느낌이 들었고, 그 옛날 희수와 지수가 상여를 부여잡고 엄마! 엄마! 목놓아 울부짖던 울음소리가 들리는 듯도 했다.

장의사들은 쉬지 않고 삽질을 계속했다.

아버지의 땅

발가벗은 채 동그맣게 솟아 있던 무덤은 어느 사이 평평해지더니, 구덩이로, 더 깊은 구덩이가 되어갔다. 흙은 파낼수록 더욱 붉은색이었다.

　이윽고 장의사들은 무덤 맨 밑바닥에 있는 흙까지 모두 긁어냈다. 은수는 가만히 일어나 맨 마지막에 나온 흙을 긁었다. 재수거리가 담긴 상자에서 비닐봉지를 찾아내어, 흙을 담았다. 흙으로 무얼 하겠다는 의지 같은 것은 없었다. 그냥 오랫동안 어머니를 안아주었던 특별하고 소중한 흙이라는 생각이 들었을 뿐이었다. 도자기를 만들 때 조금씩 섞어볼까 하는 생각도 들었다.

　왕 장의사가 핸드폰 카메라로 무덤인, 구덩이 안, 그러니까 광중을 꼼꼼이 찍었다. 각도를 달리하면서 여러 번 찍었다.

　은수는 무덤의 봉분이 파헤쳐지고, 깊숙한 구덩이가 드러나는 모습을 무심한 마음으로 멀거니 바라보고만 있었다. 구덩이 앞으로 다가갈 용기가 나지 않았다. 머뭇거리던 은수는 어쩔 수 없다는 심정으로 구덩이 앞으로 한 걸음, 한 걸음 발걸음을 떼놓았다. 막상 구덩이 앞까지 다가갔을 때는 자신도 모르게 두 눈을 질끈 감았다. 볼 수 있을까? 은수는 희수에게 내가 가겠다, 말했을 때는 이러한 상황을 맞이하게 될 수 있다는 생각은 꿈에도 해 보지도 않았다. 두근두근, 심장이 방망이질해댔다. 두 눈을 똑바로 뜨고 직시할 수 있을까? 은수는 두 손을 가슴에 얹었다. 손바닥 밑에서 심장이 팔딱거렸다. 팔딱대는 심장을 손바닥으로 꾹 누르면서 가만히 쓸어내렸다. 천천히 눈을 떴다. 구덩이 안을 내려다보았다. 거기에, 어머니가 있었다. 아니다, 어머니의 몸을 이루었던 뼈들이 있었다. 온전한 모습이었다. 광중에는 물기 하나 없었다. 흔히 있다는 나무뿌리 한 줄기도 없었다. 세상의 그 무엇도 어머니의 뼈들을 헤치거나 다치게 하지 않았다. 은수는 붉게 빛나는 어머니의 뼈들을 한참이나 바라보고 있었다. 마음이 놓였다. 무엇인지 모르겠지만 따스한 무엇인가가 마음속을 스쳤다.

은수는 오래도록 멍하게 서 있었다. 왕 장의사가 슬그머니 다가왔다. 슬쩍 말을 걸었다.

"수습을 시작해야 합니다."

은수는 멀찍이 물러섰다.

왕 장의사가 한지 뭉치에서 한지 서너 장을 빼냈다. 무덤 속에서 파낸 흙더미를 편편하게 편 다음, 그 위에 한지를 길게, 사람 키 높이만큼 폈다. 두 장의사는 광중 안으로 들어갔다. 핸드폰으로 다시 사진을 찍는 듯 찰칵대는 소리가 들렸다. 광중에 누워있던 어머니의 뼈들은 빠르게 하얀 한지 위로 옮겨졌다. 머리, 가슴, 팔과 손가락, 다리와 발가락들이 빠짐없이, 광중에 있었던 그 모습 그대로 한지 위에 재현되고 있었다. 말이 많았던 왕 장의사는 입을 꾹 닫고서, 한마디 말도 하지 않았다. 장의사는 마치 엄청난 보물이라도 되는 것처럼, 놓치기라도 하면 천지가 무너지기라도 하는 것처럼, 어머니의 뼈들을 두 손으로 고이 받들어서 한지 위에 조심스레 놓았다. 그 모습을 보고 은수는 장의사가 어머니 뼈를 대하는 태도가 정중하기 그지없다는 것을 알 수 있었다. 근엄함까지 느끼게 했다. 마음에 들었다. 은수는 장의사의 행동이 뼈에 대한, 더 나아가 예전에 고인이 되었던 이에 대한 공손한 예의라고 생각했다.

한지 위에는 어머니의 뼈들이 온전한 형태로 누웠다.

광중에 있었던 모습과 같은지를, 핸드폰에 저장된 사진과 대조한 장의사가 간단한 제의를 거행했다. 과일과 떡으로 간소한 제수를 진설하고 술잔에 술을 따르는데, 갑자기 술 향기가 사방으로 퍼져 나갔다.

왕 장의사가 상자에서 휴대용 가스버너와 무쇠솥을 꺼냈다. 휴대용 가스는 배가 볼록하게 나온 동그란 용기인데 용량이 3kg라고 적혀 있었고 무쇠솥은 제법 크고 깊었다. 특별한 용도로 제작한 솥인 듯 온도계까지 달려있었다. 장의사가 편편한 곳에, 안전하게 설치한 가스버너 위에 무쇠솥을 올렸다. 발가락뼈부터 발목뼈, 종아리뼈, 넓적다리뼈, 손가락뼈, 손목뼈, 골반, 척추, 흉골, 경추, 두개골을 차곡차곡 무쇠솥에 담았다. 뚜껑을 닫아걸고는, 버너에 불을 붙였다. 무쇠솥은 금방 뻘겋게 달아올랐다. 무쇠솥에 달린 온도계의 숫자가 500을 넘어서고 있었다. 삼사십 분쯤 지났을 때 왕 장의사가 가스를 껐다.

왕 장의사가 무쇠솥의 뜨거운 열기가 식을 때까지 기다리고 있는 듯했다. 왕 장의사와 젊은 수습 장의사는 아무런 말도 하지 않았다. 은수도 말 없이 무쇠솥을 지켜볼 뿐이었다.

이윽고 아주 뜨거운 열기가 사그라졌을 무렵에 왕 장의사가 무쇠솥 뚜껑 걸쇠를 풀었다. 뚜껑을 열자 뜨거운 열기가 쏟아져나왔다. 주위가 다 화끈했다. 장의사는 너무 뜨거워서, 손을 쓸 수가 없는 듯이 보였다. 장의사가 또다시 상자를 뒤적였다. 이번에는 분쇄기를 꺼냈다. 장의사가 필요로 하는 건 상자 속에 모두 다 있었다. 신기한 일이었다.

비로소 은수는 어머니의 산소가 있던 주변의 산들을 둘러볼 마음이 생겼다. 멀리 혹은 가까이 보이는 산봉우리와 산줄기와 골짜기들은 예전 그대로였지만, 산림

아버지의 땅

들은 더욱 울창해 보였다. 어쩐지 낯설었다. 어린 시절 발이 닳도록 산나물을 뜯고, 땔나무를 하고, 소에게 풀을 먹이느라 산봉우리와 골짜기를 누비고 다녔던 산이었다. 어디에 뭐가 있는지 훤하게 알고 있었던 산봉우리와 골짜기들이었다. 그런데 지금은 은수가 어렸을 때 올랐던 그 산이 아닌 듯했다. 변했다. 은수는 자신이 변했는지 고향의 산과 골짜기가 변했는지 알 수 없었지만, 흘러가는 세월 탓이고 세월 따라 변해가는 인심 탓이지 싶었다.

어머니 산소 옆에 있던 5촌 집 산소도 파묘를 한 듯 텅 빈 채 구덩이만 남아 있었다. 알게 모르게 인심이 시절 따라서 자꾸만 변해가고 있었다.

은수는 문득 생각난 듯 왕 장의사게 다가가서 물었다.

"그런데요, 뼈 색깔이 붉던데요, 왜 그런가요?"

"황토흙이라서 그래요. 황토색에 물이 들어서요."

"좀 놀랐어요. 드라마나 영화에서는 백골이라고 하얗게 보였는데요."

"사막이나 모래사장에 묻히면, 희죠."

은수는 알겠다고, 왕 장의사에게 고개를 끄덕였다.

드디어, 왕 장의사가 분쇄기에서 꺼낸 어머니의 유골을 함에 담았다. 유골함을 은수에게 안겨주면서 장의사가 말했다.

"마지막 술 올릴 때 술 향기가 좋았지요? 아마 어머니께서 흡족하셨나 봅니다."

은수는 유골함을 꼭 안았다. 가슴에 안은 어머니의 유골이 몹시 따뜻했다.

8

번갈아 가면서 집안일을 돌보느라 지쳤던 고모들이 아내를 들이라고 아버지를 들들 볶았다. 아버지는 미수를 업고 만 이 년이 다 지나갈 때까지 5일장을 돌아다녔다. 임미자를 찾지 못한 아버지도 지쳤는지 고모들의 성화에 다시 집안일을 돌보아 줄 아내를 들였다. 나이가 사십이 넘은 두리뭉실한 여자였다. 몸피만 두리뭉실한 게 아니고 성격도 두리뭉실했는데, 움직임 또한 느릿느릿했다. 아버지의 두리뭉실한 세 번째 부인의 이름은 생각나지 않는데 택호가 봉수댁이었다는 것은 기억난다. 봉수마을에서 시집온 사람이라는 말이었다. 아버지와 봉수댁 사이는 서로 좀 데면데면했다. 아버지는 봉수댁에게 마음뿐만 아니라 몸마저도 주는 것 같지 않았다. 봉수댁은 아버지와 딱 3년을 살고 나

　　　　　　　　　아버지의 땅

더니 집을 나갔다. 나가면서 제법 많은 재물을, 집 기둥뿌리가 흔들릴 만큼 챙겨갔다는 소리를 고모들한테 들었다.

봉수댁이 도망갔을 무렵에는 은수는 시청 민원과에서 근무하고 있었다. 마침 휴가철이어서 은수는 본가에 막 도착하던 참이었다. 큰고모가 아버지 집에 들렀다. 큰고모는 화가 많이 나 있었다. 어지럽혀진 집안을 둘러보면서 못마땅하여 연신 쯧쯧 혀를 차면서 대청마루에 철퍼덕 주저앉았다. 구시렁구시렁 혼잣말인 듯하면서도 아버지 들으라는 듯이 짐짓 큰 소리로 말했다. 물론 처음에는 아주 작은 목소리로 시작하긴 했다.

"싸다, 싸. 애새끼 낳고 사는 사이도 아닌데 그렇게 데면데면하게 구는데 어느 여편네가 같이 살고 싶은 마음이 들겠나? 도대체 말이야, 도대체 언제까지 죽은 년이나 도망간 년한테만 목을 매는데? 인생이 아깝지 않나? 일편단심 할 게 따로 있지, 정신 좀 차려라. 그년들이 금태를 둘렀냐? 다이아태를 둘렀냐? 작작 좀 해라. 더 나이 들기 전에 옆에 누가 있어야 애들도 편하지 않겠냐? 아프기라도 해봐라. 누가 병시중 들 것이며, 조석 끓여서 먹여줄 것이냐? 애들 짐 안 되려면 제발 정신 좀 차려라."

큰고모의 말을 들었는지 말았는지 아버지는 아무런

대꾸도 하지 않았다. 큰고모는 혼자 빽빽 소리를 지르다가 맥이 빠져서 돌아갔다. 아버지는 큰고모가 돌아갈 때까지도 얼굴조차 비치지 않았다. 하여튼 아버지는 봉수댁이 도망쳐버린 사건으로 엄청난 충격을 받은 듯했다. 너무나 큰 상처를 입어서 다시 일어설 수 없을 지경이 되었다. 설상가상으로 정미소에서 일하던 친척 아저씨가 사고를 당했다. 피댓줄에 팔이 감겨서 오른팔이 부러지는 사고였다. 아버지가 예전처럼, 어머니가 살아있을 때나, 바람난 임미자가 집을 나가기 전처럼 열심히 일할 수밖에 없었다. 정미소 일은 그렇다 하더라도, 아버지는 사고당한 친척 아저씨 치료비와 보상비로 적잖은 돈을 지출해야 했다. 그리고, 정미소 경기가 예전 같지 않았다. 이미 한참 전에 시절이 바뀌어 있었다. 사람들 개개인이 정미한 쌀을 직접 5일장에 나가서 매매하던 시대가 아니었다. 정부는 벼 수확 철이 지나면 농협을 통해서 벼를 매수하게 하였고, 매수한 벼는 농협과 협약을 맺은 정미소나 농협이 직접 운영하는 정미소에서 정미한 다음에, 정부가 고시하는 가격에 시장이나 마트에서 매매할 수 있게끔 제도가 바뀌었다. 때문에, 아버지의 정미소에는 그저 식구들이 먹을 식량만큼만 정미하였기 때문에 정미소 일이 많이 줄어들었다. 거의 일거리가 없다고 할 만했다. 그

아버지의 땅

것도 요즘은 집집마다 규모가 작은 정미 기계를 들여 놓고 직접 정미하여 밥을 지어 먹고 있지만.

아버지는 정미소를 헐값에 넘기고, 고향에서 가까운 소도시 J시로 옮겼다.

이미 희수나 지수도 대학을 졸업하였다. 희수는 농협에, 교육대학을 나온 지수는 초등학교 선생으로 근무하고 있었다. 미수만이 아직도 어렸으므로 아버지는 미수 뒷바라지에 진심을 쏟고 있었다. 미수가 J시에서 초등학교와 중등학교를 졸업한 다음, 고등학교에 진학할 때가 되자 아버지는 미수를 따라서 광역도시 D시로 옮겼다. 은수와 희수, 지수도 모두 D시에 살고 있었으므로 가족 모두가 같은 도시에 살게 된 셈이었다.

아버지의 경제는 점점 쪼그라들었다. J시에 있을 동안은 정미소 판 돈으로 탱자탱자 살 수 있었다. D시로 옮겼던 첫해는 고향에 남아 있던 논 400평을 팔아서 생활했는데, 미수 공부에 얼마나 돈이 들어갈지 모른다면서, 생활비로 쓰고 남은 돈을 저축한 다음, 아버지는 미장일을 배웠다. 의외로 그 방면으로 손재주가 있었던 모양이었다. 제법 일이 바빴다. 미장 기술만큼은 내 솜씨를 따라올 사람이 없다면서, 아버지는 자신의 솜씨를 자랑할 때도 있었다. 아버지를 찾는 공사장도 많았다. 무엇보다 중요한 것은 아버지가 미장일을 무척이나 재미있어했다는 데 있었다. 아버지는 진실로 새로운 일에 재미를 붙인 듯했다. 그 모습을 보고 은수는 참으로 다행한 일이라고 생각했다. 그즈음 아버지에게 중요한 일이 두 가지 일어났다. 그것은 미장 공사판에 종사하는 사람들이 만든 모임에서 아버지가 회장을 맡았다는 것이고, 또 하나는 새로운 여자를 만났다는 것이다. 아버지의 연인인 그 여인은 아버지보다 열두어 살 아래이며, 같은 일을 하면서 서로에 대하여 이해심을 키웠다고 했다. 아버지는 그 여인과 결혼할 생각까지 품고 있는 듯했다. 아버지는 임미자 새어머니가 그러했듯이, 당신보다 한참 어린 여자에게 끌리는 독특한 취향이 있는 모양이었다. 은수는 비로소 아버지가 임미자 새어머니를 잊고 마음의 동반자를 만난 듯하여, 마음이 놓이기까지 했다.

어느 날, 할 말이 있다면서 아버지가 자식들을 모두 불러들였다.

9

내일은 아버지 발인이다.

오늘 미리 광중을 마련하고 잘 다듬어 두어야 한다.

아버지의 땅

약속한 때가 지났건만, 포클레인은 아직 도착하지 않는다.

아버지는 400평 논을 팔아치우면서도, 이 밭만은 남겨두었다. 아버지에게 남은 유일한 땅이었다. 다행한 일이다. 이제 이곳은 새로운 산소로 꾸며질 터였다. 고향 마을에서 불과 오십여 미터 떨어져 있었고, 한길에서도 매우 가깝다. 마을이나 한길에서 뒷산 쪽을 바라본다면 눈에 확 들어오기까지 한다.

마을 골목에 자동차를 주차하고 곧장 오르면, 십 여 분도 걸리지 않는 거리라는 것도 꽤 매력적이다. 어머니 산소가 있었던 산 중턱에 비교하면 성묘 가는 길은 앉아서 과자 먹기보다 더 쉬운 일이 될 터였다. 힘들고 험해서 성묘를 못 하겠다는 말은 꺼낼 수도 없게 되었다. 은수는 희수와 지수의 의견을 따라서 이 밭에 아버지와 어머니의 합장묘를 조성하기로 한 건 썩 좋은 결정이었다는 생각이 새삼 들었다. 미수의 우스개가 마음에 좀 걸리긴 했다.

오랫동안 방치되었던 밭이었다. 은수는 아버지와 어머니의 합장묘를 조성하기로 한 밭에 선뜻 발을 들여놓을 수 없었다. 첫서리를 맞아서 말라비틀어진 잡초 더미가 밭을 뒤덮고 있었기 때문이다. 무턱대고 들어가기가 겁이 났다. 마른 잡초들 사이에서는 찔레가시와 땅가시가 마구 뒤엉켜서 발을 내딛기가 무서웠다. 땅 위로 구불구불하게 뻗어 나간 땅가시 줄기에 돋았던 가시는 흡사 철로 만든 못처럼 굳건하고 완고하게 뾰족뾰족 굳어있었다.

　아버지의 땅이었다. 어머니의 땅이기도 했다.

　읍내 외가에서 중학교에 다니고부터는 좀 뜸하긴 했지만, 은수는 어머니를 따라서 이 밭을 자주 오갔다. 백 평 남짓한 이곳을 어머니는 텃밭으로 이용했다. 은수는 밭을 휘둘러 보았다. 초입에 두어 평 남짓한 데는 부추가 자라던 곳이고, 콩, 팥, 동부, 수수, 조, 옥수수, 고추, 참깨, 들깨, 무, 배추, 상추 등 어머니는 온갖 것을 다 심었다.

　포클레인이 도착하지 않아서, 은수는 밭 언덕에 선 채로 주위를 휘둘러보는 일을 계속했다. 기억 속의 밭과 눈앞의 풍경은 많이도 달랐다. 밭 언덕 아래에 있었던 작은 연못은 사라지고 없었다. 그 작은 연못은 가뭄이 들 때마다 어머니가 밭에 심었던 작물의 물 공급원이 되어주었다. 콩과 고구마, 고추 등 채소 이파리가 시들면 은수와 희수는 연못의 물을 양동이에 담아서, 뿌려주고는 했다. 바가지로 물을 뜰 때면, 연못 속 수풀 사이로 스르르 기어 다니는 물뱀을 볼 때도 더러 있었다. 연못 아래로 골골을 이루던 천수답도 보이지 않았다. 산인지 밭인지 논인지 분간이 되지 않았다. 군데군데 고사리밥이 듬성듬성, 혹은 무더기로 서 있는 걸 보면 누군가 고사리를 키우고 있는 모양이었다. 놀랍게도 주위에는 무덤이 많았다. 보리와 밀 같은 잡곡들이 자라던 주위의 밭들은 모두 묘지가 되어있었다. 누군가는, 아버지 밭 언덕 왼편 가장자리를 허물어서 산소를 만들어놓기까지 했다. 갑자기 오른 발목이 따끔했다. 땅가시가 발목에 꽉 박혀 있었다. 아프다. 망할 땅가시, 은수는 조심스레 발목에서 가시를 빼냈다.

　포클레인이 올라오고 있었다. 밭 가장자리에 포클레인을 세운 기사가 조금의 거리낌도 없이 묵정밭 안으로 뚜벅뚜벅 걸어서 은수가 서 있는 곳까지 다가왔다. 기사가 물었다.

　"늦어서 미안합니다. 희수 누님되시지요?"

　"그래요. 우리 희수를 알아요?"

　"저는 초등교 동창 경민입니다. 아버님께서 소천하시어 상심이 크시겠어요. 어제 저녁참에 빈소에 갔었는데, 누님은 뵙지 못했어요."

　"그랬군요, 고마워요. 어제는 어머니 산소 일을 하느라, 저녁 늦게 빈소에 갔어요."

　"희수가 묘역 꾸미는 일을 제게 맡겼는데요, 누님이 광중 자리와 방향을 알려 주시면 그대로 일을 추진할 겁니다."

은수는 고개를 끄덕여 알았다는 표시를 했다.

은수와 기사가 밭 여기저기를 살폈다. 은수는 광중이 들어앉을 만한 곳을 가리키면서, 기사를 보고 말했다.

"이곳에 광중을 만들고요, 뒤쪽으로는 토성을 만들어 주세요, 너무 높지 않게요."

"괜찮아 보이네요. 방향은 어떻게 할까요?"

"산소가 바라보는 방향은요, 저 앞 도리천 건너에 있는 산 보이지요?"

"예, 금옥산 말이지요?"

"그래요, 저 산 산봉우리에서 11시 방향에 서 있는 나무가 세 그루 있지요? 저 나무 중에서, 가운데 서 있는 나무를 바라보게끔 방향을 잡으면 됩니다. 절대로 그 옆 골짜기를 바라보게 해서는 안 됩니다. 잘 알겠지요?"

"예, 새겨들었어요. 근데 누님, 꼭 지관 어른 같습니다."

"그랬나요? 사실 작년에 산소 자리를 잘 본다는 지관을 모시고 왔었어요. 아버지가 요양병원에 계시니, 만일을 위해서요."

"보통 지관이 아니었던 모양이네요. 저도 이런 산역을 많이 하다 보니까, 보고 들은 풍월이 좀 있긴 하는데, 누님 말을 듣고 주변을 살펴보니 딱 들어맞는 것 같네요."

"들었던 말을 잊지 않고 옮겼을 뿐이에요."

"누님, 이제 곧 일을 시작합니다. 산역 일에 능한 일꾼들 몇이 올 겁니다. 걱정하지 마세요. 누님이 시킨 일, 그대로 일을 합니다. 누님 가셔도 됩니다."

"조금만 있다가 갈게요. 신경 쓰지 말아요."

햇빛이 따갑다. 은수는 밭 위쪽에 서 있는 소나무 그늘 속으로 들어갔다. 묵정밭을 바라보면서 은수는 걱정이 앞섰다. 저 가시넝쿨은 다 어떻게 할 작정일까? 마을 쪽에서 산역꾼으로 보이는 사람 셋이 올라오고 있었다. 무슨 말들을 하는지 하하 웃는 소리가 은수의 귀에까지 날아들었다. 그들이 밭에 도착하자 포클레인 기사 경민이 손짓까지 해가면서 뭔가를 열심히 지시했다. 곧이어 포클레인이 끼익퍼걱, 끼익퍼걱 소리를 내면서, 묵정밭 안으로 씩씩하게 들어갔다. 포클레인이 삽날을 땅에 꽂았다. 삽날은 인정사정이 없을 만큼 차고 굳건해 보였다.

마구잡이로 파헤쳐지는 아버지의 땅을 바라보면서, 은수는 작년에 모시고 왔던 성우당 지관 어른의 말씀을 떠올렸다.

"저 산을 잘 봐 둬라. 세 봉우리가 꽃봉오리처럼 모

인 게 보이지? 부모님이 저 꽃봉오리를 바라보시게 되면, 왼쪽의 약한 기운이 저 산 끝자락이 막아서 재물손실을 막아주게 되고, 집안도 평안하고 안정된다. 좋은 산이고 봉오리야. 누웠을 때 꽃봉오리에 서 있는 나무를 바라보게 해드려. 잊지 마라. 앉은 자리가 맑고 든든하다. 다른 건 볼 것도 없다."

잡초와 땅가시, 찔레가시 뿌리 등을 거침없이 뒤집고, 파헤쳐지고 있었다. 산역꾼들이 포클레인이 뒤집은 곳마다 따라 다니면서 가시와 뿌리들을 잡아내어 밭 언덕 가장자리에 쌓았다. 한 시간이 지나지 않아서 묵정밭을 차지하고 있던 가시와 뿌리는 밭 언덕에 산더미처럼 쌓였고 밭은 시뻘건 속살을 드러내면서, 누워있었다.

핸드폰이 전화 받으라고 소리쳤다. 지수였다

"응, 나야. 왜?"

"언니, 일 다 했으면 빨리 와. 곽서방이 왔어."

"헤어진 사이라면서? 왜 왔대?"

"몰라, 분위기가 심상치 않아."

"알겠어. 일꾼들 간식 좀 사주고 금방 올라갈게."

마을에는 구멍가게가 없었다. 은수는 자동차로 십 분 거리에 있는 읍내로 갔다. 농협마트에서 사이다, 콜라, 캔커피, 쥬스, 떡, 옛날 빵과 막걸리와 종이컵을 샀다.

은수가 밭으로 돌아왔을 때는 가시밭은 가시 제거가 끝나있었다. 은수는 간식들을 기사 경민에게 건네주면서 말했다.

"도랑 내는 거 잊지 말아요. 밭 위쪽 가운데쯤에 물이 잘 고여요."

"예, 생각하고 있었어요. 예전에 희수랑 자주 올라왔거든요. 지금부터 토성을 쌓고 광중도 파야 합니다. 도랑을 먼저 만들어야 일이 수월하겠네요. 상석이랑 제단은 산소를 쓰고 난 다음에 하는 게, 산역 순서입니다."

은수는 알겠다는 몸짓으로 고개를 끄덕인 다음 말했다.

"믿고 갑니다. 그럼 수고 하세요. 내일 또 보겠네요."

"운전 조심해서 올라가세요."

은수는 천천히 마을로 내려왔다. 한길에서 밭이 있는 곳을 쳐다보았다. 산역꾼들이 둥글게 모여앉아서 간식을 먹고 있었다.

"그 밭이 아직도 그 자리에 그대로 있을까?"

갑자기 미수의 말이 떠올랐다. 농담처럼 흘려들었던 말이었다. 그런데, 갑자기 미수의 말이 왜 생각나는 걸까? 은수는 산역꾼들을 바라보다가 그곳을 떠났다.

10

자식들을 불러모은 아버지가 말했다.

"요번 일요일은 비워두라. 소개할 사람이 있다."

미수가 물었다.

"아버지, 혹시 애인 생겼어요?"

미수를 흘끔 쳐다보았을 뿐, 아버지는 대답하지 않았다. 은수는 느지막이 새어머니를 모시는 일이 일어나나 보다, 했다. 나쁘지 않다고 생각했다. 어차피 아버지는 자꾸만 늙어갈 것이다. 옆자리에 누군가 함께 있다면 그보다 더 좋은 일이 있을까? 싶었다. 그리고 또, 열흘에 한 번씩 아버지를 위하여 만들어 가는 밑반찬은 더 이상 만들 필요가 없어질 수도 있겠다는 생각도 들었다. 어쩌면, 말이야, 잘 진행될 수도 있겠다고 마음이 설레기까지 했다.

드디어 일요일이 되었다. 은수는 형제들과 함께 약속 장소로 갔다. 아버지와 아버지의 애인은 벌써 약속 장소에 나와 있었다. 아버지의 애인은 생각보다 젊어 보였다. 누가 봐도 칠십이 훌쩍 지났다고는 생각하지 않을 만큼 젊었다.

아버지는 먼저 연인을 자식들에게 소개했다. 지금 생각해도 아버지의 소개말은 걸작이었다. 그 장면이 떠오를 때면 지금도 은수는 픽, 하고 웃는다.

"이 분은 지금 아버지와 사귀고 있는 김자 복자 희자 어른이시다."

그리고는 당신의 자식들을 한 사람, 한 사람씩 김자 복자 희자 어른에게 인사를 시켰다. 아버지는 그 일을 능숙하게 처리할 줄 알았다.

은수는 아버지의 결혼 사업이 순조롭게 진행되고 있다고 여겼다. 드디어 아버지가 임미자 새어머니를 잊고서, 새로운 애인에게 마음을 줄 결심을 한 모양이라고 생각했다.

아버지는 덤덤했다. 좋아서 입이 헤벌어지지도, 그렇다고 싫어하는 티를 팍팍 내지도 않았다. 그냥 중요한 의식이라도 치르는 것처럼 근엄하기까지 한 얼굴을 하고 점잖게 앉아있었다. 은수는 좀 의아했지만 다 늙어서 새 장가를 드는 것이, 자식들 보기에 겸연쩍었기 때문이라고 치부했다.

그런데, 아버지는 애인과 자식들을 상견례 시킨 지 몇 달이 지나도록 결혼 이야기를 꺼내지 않았다.

"아버지, 결혼식은 언제쯤 올릴 생각이세요?"

답답한 은수가 물어볼라치면 아버지는 그냥 무덤덤한 얼굴로 대답했다.

"잘 지내고 있어, 아직 때가 아닌 듯하니 기다려라."

아버지는 애인과 그렇게, 그렇게 사 년쯤 사귀는 듯하더니, 어느 날 헤어졌다고 했다.

　대학원을 졸업한 미수는 국어교사가 되었고, 열심히 노력하여 박사학위를 받고는 대학에서 강의를 한다고 했다. 또 얼마나 사교술이 뛰어난지 남자도 여럿 사귀는 듯하더니, 그중에서 한 사람을 골라잡아 결혼식도 올렸다. 미수가 아버지 곁을 떠났다. 아버지는 더 이상 할 일이 없는 사람처럼, 미장일에 열을 올리지 않았다. 마지 못해 시간을 보내는 것처럼 설렁설렁 다니더니, 어느 날 현장에서 낙마하는 사고를 당했다. 그렇게 높은 곳에서 떨어지지는 않았지만, 넓적다리에 금이 가는 사고였기에, 아버지는 두 달이 넘도록 깁스를 하고 있어야만 했다. 젊은이에게는 가벼운 사고였겠지만, 아버지에게는 사고의 후유증이 너무도 컸다. 꼼짝 않고 지낸 두 달은 아버지의 육신을 놀라울 만큼 빠르게 퇴화시켰다.

　은수는 아버지가 임미자 새어머니를 잊었는지 어쨌는지 알 수 없었다. 아버지가 뇌출혈로 쓰러지고 난 다음, 느닷없이 생각났다.

　'아버지, 임미자 새어머니를 아직도 잊지 못하셨어요? 지금도 만나고 싶으세요?'

　아버지께 좀 물어볼 걸, 했다. 은수는 물어보지 않았

기에 아버지의 속마음을 알 수 없었지만, 마지막 애인인 김자 복자 회자 어른과 헤어진 건 임미자 때문이라는 생각을 지울 수 없었다. 그리고, 미수를 그렇게 공들여 키운 것은 어쩌면 미자를 낳아준 임미자를 그리워했기 때문이었을 수도 있는 일이었다. 아니면 아버지는 임미자에게 복수를 결심했을까? 임미자 요년아, 두 눈깔 똑바로 뜨고 잘 봐라, 내가 네가 버리고 간 네 딸년 이렇게 잘 키웠다, 큰소리치고 싶어서였을까? 아니다. 그런 마음이었을 리는 없었다. 어떻게 복수심에서 수십 년을 한결같은 마음으로 뒷바라지를 할 수 있겠는가? 어쩌면 아버지는 그 누구에게 진실한 사랑을 원도 없이, 한도 없이 쏟아부었다는 사실에는 의심할 여지가 없었다. 미수라도 괜찮고, 또 설령 임미자라 할지라도 나쁘지 않았다. 은수는 그렇게 믿었다.

언제인가 아버지가 말했다.

"너의 엄마가 가면서 우리 집 복을 모두 가져갔나 보다. 어떻게 된 일인지, 너의 엄마 죽고 난 다음부터 되는 일이 하나도 없냐? 이 세상에 나 혼자만 사는 것 같다. 내가 죽으면 너 엄마 찾아내어 죽도록 패 줄 거다."

11

은수는 해가 설핏해졌을 때 D시에 도착할 수 있었
다. 천천히 운전하다 보니 보통 때보다 조금 더 시간이
걸렸다. 혹여 자동차사고 같은 불상사가 생길까, 조심
했다. 사고를 두려워한 것은 아니었다. 사고를 수습하
는 데 소비해야 할 시간이 두려웠기 때문이다. 상중이
다. 지금은 장례의식을 행하는 중요한 시기이므로, 매
사를 조심해야 한다. 아버지 장례의식 중에, 팔다리가
부러지고 혹은 장기나 머리 같은 게 깨어져서, 병원에
누워있다는, 상상만으로도 기가 막힐 노릇이었다.

은수는 요양병원 빈소로 가기 전에, 먼저 집에 들렀
다. 아버지가 돌아가셨다는 비보를 받고 동생들과 서
둘러 떠난 후, 처음으로 온 집이었다. 그날 갑작스레
떠나면서 혹시 전등을 켜놓지 않았나? 문이나 가스 밸
브 같은 것들을 잠그지도 않은 채 집을 떠나지 않았을
까 하는 염려가 있기도 했다. 집안을 둘러보았다. 문이
나 가스 밸브는 잠겨있었다. 짜장면 그릇들이 식탁 위
에 널브러져 있었다. 그날 요양병원에 가는 게 너무도
급했기에, 그릇들을 미쳐 치울 틈이 없었다. 말라비틀
어진 짜장면 그릇들을 정리하여 바깥에 내어놓았다.
한 번 더 집안을 휘둘러 본 은수는 집을 나오다가 문득

아버지의 땅

걸음을 멈추었다. 도자기 전시회에 출품할 요량으로 만들어 둔 토우 술병이 눈에 띄었다. 은수는 기러기 토우가 맵씨 있게 앉아있는 달항아리 닮은 술병 두 개와 술잔 두 개를 종이에 싸서 주머니에 넣었다.

은수가 요양병원 빈소에 도착했을 때는 이이 늦은 저녁때가 되어있었다. 문상객들이 많았다. 발인 전날 밤이다. 아버지가 이승에서 마지막 밤을 보내고 있을 수도 있었다. 그동안 미처 다녀가지 못한 문상객들도 마지막 인사를 위하여 찾아왔다. 지수와 희수, 올케, 제부들이 그들을 찾아온 손님들을 제각각 맞이하면서, 인사들을 나누고 있었다.

문상객들 어디를 찾아봐도 미수와 곽서방은 보이지 않았다.

희수와 제부가 빈소 앞을 지키고 있었다. 쓸쓸해 보이지 않았다. 키가 훌쩍 큰 조카가 넷이나, 자신들의 아버지들과 함께 나란히 서 있었다. 상주들의 모습이 훤칠하여 보기가 좋았다.

은수는 다행이라는 생각이 들었다. 다 큰 조카들을 쳐다보는 것만으로도 든든했다. 지수는 한 무리의 사람들과 같이 있었다. 아마도 같은 학교이거나 이전 학교에서 함께 근무한 동료 교사들인 듯했다. 지수와 눈이 마주치자 은수가 손짓으로 지수를 불렀다. 은수는 지수가 가까이 오자, 물었다.

"곽서방이 왔다며? 심상치 않다며?"

"말도 마. 낮에 한바탕 난리가 났었어."

"왜? 어떻게?"

"미수 그년 말이지, 곽서방 말이 이혼 정리를 아직 하지 않았대. 지금도 여전히 법적인 부부라는 거지. 그런데도 미수가 다른 사내를 만나고 있다고 고래고래, 난리가 아니었어."

"미수는 뭐라는데?"

"그까짓 서류에 적힌 글 따위가 무슨 권리가 있냐면서, 도리어 큰소리치면서, 바락바락 난리를 쳐댔는데, 가관이었어. 아주 볼만했다니까."

"잘하는 짓들이다. 그래 구경만 했어?"

"그럴 리가. 안 그래도 내가 한바탕하려고 했는데, 희수 오라버니가 곽서방 꿇어 앉히고 따끔하게 타일렀어. 이혼도 안 했다면서, 장인어른이 돌아가셨으면 얌전하게 상주 노릇이라도 제대로 잘해야 우리 미수가 봐 줄까 말깐데, 술 처먹고 행패 부리는 너를 무슨 수로 봐 주냐고, 아주 혼꾸멍을 내더만. 곽서방이 형님 잘못했습니다, 절하고 내뺐어. 우리 오빠 품위 있고 아주 멋지더라. 언니가 잘 키웠어. 언니가 그걸 봤어야 했는데."

"뭔 소리야? 희수가 용한 거지. 도대체 미수는 왜 안 들어오는 거야?"

"아마도 새로 사귄다는 정씬가 박씬가를 데리고, 짠 하고 나타날 듯한데? 또 모르지. 뭔 재미있는 풍경을 선사해 줄지."

"너도 참, 재미있는 일 많아서 신나겠다. 하여튼 그 애는 도깨비 같다니까. 아버지 생각해서 빈소 좀 지키고 있을 것이지."

"언니, 냅둬. 그냥 지 마음대로 하게."

밤이 이슥하다. 조문객들은 모두 돌아갔다. 은수와 형제들만 남아서 아버지의 마지막 밤을 지키고 있었다. 미수는 아직도 들어 오지 않았다. 형제들 누구도 미수를 탓하는 사람이 없었다. 아버지가 돌아가셨는데도 미수의 건방진 특별함은 여전했다. 어릴 때부터 미수는 아버지의 과보호 속에서 살았다. 아버지는 미수가 원하기만 하면 무엇이든 오냐오냐 들어주었다. 그것이 미수의 성격을 만들고 버릇을 만들었을까, 미수는 매사에 거리낌이 없었다. 은수는 가끔 미수의 그 거리낌 없는 성격이 부러울 때도 있었다.

자정이 다 되었다. 미수가 들어왔다. 미수는 평소의 미수답지 않게 빈소 앞에서 머뭇거리는가 싶더니, 사라졌다. 이상했다. 은수는 미수가 새로이 사귄 남자가 아버지께 인사 올리는 것을 꺼리는 모양이라고 짐작했다. 미수를 찾아서 밖으로 나갔다. 미수는 남자가 아닌 여자와 함께 있었다. 나이 든 여자였다. 누구랑 있는 거지? 은수는 미수 쪽으로 걸어갔다. 미수를 힐끗 쳐다본 여자가 미수의 등 뒤로 몸을 숨기는듯하더니 뒤돌아서 문이 있는 쪽으로 걸어가 버렸다. 미수가 놀라서 여자의 뒤를 뛰어가면서 소리쳤다.

"엄마, 어디가?"

엄마라고? 은수는 깜짝 놀랐다. 임미자 새어머니가 온 것일까? 그동안 미수는 엄마를 찾아내어 몰래, 은수와 형제들 몰래, 아버지 몰래 만나고 있었던 것일까? 순간 은수는 전율했다. 혹시 아버지는 그 사실을 알고서, 갑자기 졸도한 것이 아닐까? 혹시, 아버지는 임미자 새어머니가 찾아왔다는 사실을 알았고, 기뻐한 나머지 뇌 속의 실핏줄이 놀라서 폭발해 버린 것은 아니었을까? 은수는 머리를 가로저었다. 생각이 너무 나갔어, 그럴 리는 없을 것이다.

은수는 미수와 임미자를 찾아 나섰다. 이제 와서라도, 임미자 새어머니를 아버지에게 인사시키는 게 좋을 듯했기 때문이다. 보이지 않았다. 어디에도 미수와 임미자는 없었다. 밤이 지나가고, 새벽이 오고 아침이 되었다. 발인할 시각이 되어서 은수와 형제들은 아버

　　　　　아버지의 땅

지께 마지막 술을 올렸다. 마지막 절을 올린 다음, 아버지를 영구차에 싣고서 화장장으로 출발했다. 화장장에 예약된 시각은 아침 아홉 시였으므로, 아버지는 서둘러서 길을 떠나야 했다.

미수와 임미자는 끝끝내 나타나지 않았다.

정오 무렵에 아버지의 유골함이 고향에 도착했다. 아버지 유골함은 희수가 품에 안고, 어머니 유골함은 지수가 안고 상조 버스에서 내렸다. 유택까지 따라온 조문객 몇 사람도 버스에서 내렸다.

은수는 한길에 서서 부모님의 산소가 조성될 곳을 쳐다보았다. 아버지에게 유일하게 남아 있는 땅, 아버지와 어머니의 합장묘가 들어설 땅이 거기에 있었다. 가까운 거리였기에, 광중을 파느라고 퍼 올린 흙더미와 산소 뒤를 에워싸게 될 토성까지도 훤히 보였다.

고향에 사는 친인척과 동네 사람들이 산 아래 공터에 모여 있었다. 그런데 분위기가 이상했다. 술렁거리고 있었다. 당숙이 은수를 알아보고는 급히 다가왔다.

"아저씨, 오래 기다렸어요?"

당숙이 은수의 인사를 받는 둥 마는 둥 하면서, 희수를 불렀다. 희수가 다가오자. 황당한 꼴을 다 본다는 투로 말했다

"너희들, 저기 말이야, 저 사람들이 자기들 땅이라고 산소를 쓸 수 없다고 하는데? 도대체 어찌된 일이냐?"

"예? 그게 무슨 말씀이세요?"

"글쎄, 나도 좀 아까 알았다. 자기들이 밭을 샀다고 해."

"도대체, 누구한테 샀다는데요?"

"나야 모르지. 너희도 몰랐던 거냐?"

"저희도 처음 듣는 얘기라서요."

은수는 도대체 무슨 일이 일어났는지 짐작조차 할 수 없었다. 그때, 산소 자리로 올라가는 길목을 막고 서 있던 사람들이 은수 쪽으로 우루루 몰려왔다. 생전 처음 보는 사람들이었다. 그들 중 나이 지긋한 사람이 서류 세 장을 내밀면서 말했다.

"왜 남의 땅에다 묘를 쓰려고 해요? 보세요, 매매 문서와 토지 대장이오."

아버지 유골함을 은수에게 맡긴 희수가 서류를 낚아채다시피 손에 쥐었다. 한 장의 매매 문서와 두 장의 토지 대장이었다. 은수와 희수 지수, 당숙까지 서류를 들여다보았다. 오래전부터 이미 밭의 소유자는 임미자였다. 놀랍게도 토지 대장에는 그렇게 기재되어 있었다. 매매한 날자는 3년 전 3월이었다.

은수가 망연자실하여 허둥대고 있는 동안 희수가 핸

드폰으로 등기소를 검색했다. 확인은 필요한 것이다. 희수가 서류를 내민 사람에게 다시, 석 장의 문서를 되돌려 주면서 말했다.

"땅이 매매된 사실을 꿈엔들 알았겠어요? 알았으면 산역일을 했겠어요? 어제 산역 시작하기 전에 알려주셨으면 좋았을 텐데요. 포클레인 불러서, 생돈 들여서 다 꾸며놓고 나니 이제야 나타나다니 예의가 아니군요."

문서를 손아귀에 움켜쥐고서 그가 말했다.

"그런 말 마시오. 몰랐소. 그렇다고 해도, 남의 땅을 무단으로 파헤쳤으니 재물손괴죄에 해당한다는 걸 모르시오? 배울 만큼 배운 사람으로 보이오만."

문서를 든 사람 뒤에 서 있던 젊은이가 앞으로 턱 나서면서 말했다.

"우리도 아는 사람이 연락해 주어서 어제 밤중에야 알았어요. 그것보다 확인도 하지 않고 덜컥 작업부터 한 사람이 잘못이지요. 우리 밭에 포틀레인이 왔다 갔다 하는 걸, 멀리 사는 사람들이 모르는 게 당연한 거 아니오? 시비를 걸어서 뭔가를 뜯어내려는 것 같은데 어림도 없어요."

희수가 말했다.

"그런 거 아니에요. 어차피 일이 이렇게 되었으니,

땅을 다시 사겠습니다. 다시 파십시오. 원하시는 만큼 쳐 드리겠습니다."

여전히 문서를 손에 꼭 쥐고 있는, 나이 지긋한 사람이 말했다.

"아니 되오. 한 사람이 산 것이 아니고, 문중에서 합동으로 구매했어요. 여러 곳에 흩어져 있는 조상님 산소를 한군데 모으기 위하여 산 거였는데, 어찌 되팔 수 있겠어요? 열 배, 백 배의 돈을 준다 해도 되팔 수 없어요."

단호한 거절이었다.

희수가 은수와 당숙을 바라보았다. 희수의 얼굴에는 분기 같은 게 서리어 있었다. 오죽이나 속이 상하고 난감할까? 은수는 서둘러서, 당숙에게 물었다.

"일이 이렇게 되었으니, 납골당에 모시는 게 좋겠지요? 모실만한 납골당이 있는지부터 알아봐야겠어요."

"그래라. 형님도 좋아하실 거다. 친구할 만한 이들도 주위에 총총 많을 거 아니냐? 절대 농담 아니다. 구순도 더 넘기고 산 형님이야 만세지. 너희들도 찾아가기 쉬울 테고."

"아저씨, 저희는 아버지 어머니 모시고 다시 올라가겠습니다. 혹시 무슨 문제라도 생기면 전화 주세요."

"알았다. 그래라. 연락하마."

아버지의 땅

아버지의 땅은 사라졌다. 이미 오래전에 사라지고 없었다. 아버지는 알고 있었을까? 임미자에게 땅을 넘길 때, 그 땅은 아버지의 땅이 아니었음을. 그렇게 찾아 헤매었지만, 진정한 땅은 어머니뿐이었다는 것을. 문득 주위가 캄캄해졌다. 알싸한 바람이 불었다. 바람결에 온갖 소리가 들리어왔다. 아버지의 목소리가 들렸다. 너의 엄마가 가면서 우리 집 복을 모두 가져갔나 보다. 어떻게 된 일인지, 너의 엄마 죽고 난 다음부터 되는 일이 하나도 없냐? 은수는 한길에 서서 아버지의 땅이었던 곳을 한참 동안 바라보았다. 저 땅은 기억하고 있을까? 스쳐 지나간 사람의 손길들을. 잠들지 않아도 꿈을 꾸는가? 그 모든 것들은 사그라지는 꿈에 불과했을까. 다시 상조 버스에 오르면서 은수는 문득 보았다. 구경하는 동네 사람들 사이에 임미자가 서서 이쪽을 바라보고 있었다. 미수는 보이지 않았다. 미수는 어디 있을까?

주머니 속에서 달그락, 소리가 났다. 부모님 무덤 속에 넣으려던 조그만 달항아리와 술잔이 서로 부딪치고 있었다. 은수는 주머니에 손을 집어넣었다. 달항아리와 술잔을 손아귀에 꼭 쥐었다. ✸

아버지의 땅

1쇄 발행일 | 2024년 11월 28일

지은이 | 심우정
펴낸이 | 윤영수
펴낸곳 | 문학나무
편집 기획 | 03085 서울 종로구 동숭4나길 28-1 예일하우스 301호
이메일 | mhnmoo@hanmail.net

출판등록 | 제312-2011-000064호 1991. 1. 5.
영업 마케팅부 | 전화 | 02-302-1250, 팩스 | 02-302-1251
ⓒ 심우정, 2024

ISBN 979-11-5629-180-0 03810

*이 책은 대전문화재단 대전광역시로부터 제작비 일부를 지원 받았습니다.